COLOFN BAP

Robin Williams

GOMER

Argraffiad Cyntaf–Tachwedd 1992

ISBN 0 86383 966 5

Ⓒ Robin Williams

Cedwir pob hawl. Ni chaniateir atgynhyrchu unrhyw ran o'r cyhoeddiad hwn na'i gadw mewn cyfundrefn adferadwy na'i drosglwyddo mewn unrhyw ddull na thrwy unrhyw gyfrwng, electronig, electrostatig, tâp magnetig, mecanyddol, ffotogopïo, recordio, nac fel arall, heb ganiatâd ymlaen llaw gan y cyhoeddwyr, Gwasg Gomer, Llandysul, Dyfed, Cymru.

Dymuna'r cyhoeddwyr gydnabod cymorth Adrannau'r Cyngor Llyfrau Cymraeg.

Argraffwyd gan
J. D. Lewis a'i Feibion Cyf., Gwasg Gomer, Llandysul, Dyfed

I

TOMOS

y tro yma!

CYNNWYS

	Tud.
Rhagair	9

1979
Streic; Cau ysgolion; Cannwyll a lamp; Agor y drws;
Dilys; Llyfrau'r Deillion; Aredig; Lliwiau;
Blewyn rhydd; AA205; Trebor; Iwgoslafia; Heb HTV;
Sgwrs aelwyd; Drwg arfer; Braich anniddig;
Oes y robot; Dyn y ffordd; Enlli   11

1980
Aber-iâ; Ymwelwyr, Acenion; Hoff englyn O. M. Lloyd;
Adar celanedd; Caradog; Moelfre; Mantovani; Macfarlane;
Mwy diogel?; Mistar Mostyn; Indiaid Cochion;
Gwibdaith, Hywel y Fwyall, Glaslyn a Dwyryd,
Tomen ac Atomfa; Merfyn Turner, Norman House;
Llafar gwlad; Seddau'r eglwys; Mynd i'r wal;
Muhammad Ali   25

1981
Yr Anwybod; Concwest; Iran-Irac; Oes yr olew;
Deffro'r Arab; 'Columbia'; Efail y gof, 'Torri'r clensh',
Symffoni'r engan; Bwa'r arch; Peleg; Dawn y duwiau   42

1982
Eira mawr, Diffyg; Cluro; Wesleaeth; Meillion; Sŵn;
Ci Hafod Lwyfog; *Mary Rose*; Iorwerth Peate   53

1983
Carwyn James; Cyfres y Fil; Blodau'r clawdd llanw;
Parthenon, Melina Mercouri; Artist dannedd;
Hela Llwynog; *Acoustic*; Capten La Hire,
Martin Elginbrodde, Hendre Waelod; Sitting Bull;
Dwyrain yr Almaen   63

1984
Pedwar tân, 1935, 1976, 1982, 1984; Bedd Williams;
Gwennol eglwys; Sbectol John; Tân yn Efrog;
Powdwr du; Indira Gandhi; Côr Lewis Jones, Tyncelyn   75

1985
Yr iaith ar waith; Ymateb ac adweithio; Ffurf a ffyrf;
Meddyg gwlad, Llwgu wal; Y Wal Orchest;
Ffŵl Ebrill; John Eilian; Thomas Parry, Harri Gwynn;
Tawel nos; Dadwrdd modern   85

1986
Cetrisen ludiog; Aberdaron; Tyrchod daear; Sialens;
Saturn 5; Dewi Sant; 'Nid Saeson fyddant'; Sioe Cruft;
Blingwr; 'Dyddiau o bob cymysg'; Y Cydymaith;
Rheilffordd Portin-llaen; Bob Geldof; Plant gofidiau;
'Hen bethau angofiedig'; Sŵ Bae Colwyn;
Pengwyn Gorsedd y Beirdd; *'Personal Calculator'*;
Smith-Corona; Wal fawr Tseina; Milwyr y bedd;
Pyramidoleg   95

1987
Wynford Vaughan Thomas; Liberace; Terry Waite;
Llwyth y Sanema; 'Y Gristionogaeth'; Zeebrugge;
Titan-ic?; Atlas Cymraeg; Torri'r lawnt;
Lloydia serotina; Gweddi'r ceffyl;
W. S. Gwynn Williams; Cyn codi cŵn Caer;
Canrif capel; Llafur a thocyn; Arthur Rowlands   119

1988
Martin Luther a James Burke; Beibl William Morgan;
Mewnlifiad; Ffatri Rhydygwystl; Plas Tan-y-bwlch;
Rhys, Hendre Bach; John Gwilym; Disgyblu plant;
Vaughan Huws; Nadolig Ynys yr Iâ; Y golofn olaf   136

Rhagair

Blwyddyn sefydlu newyddiadur yr *Herald Cymraeg* oedd 1855, ac am ganrif a chwarter helaeth fe roed iddo wely esmwyth yn yr argraffdy ar gwr y Maes yn nhre Caernarfon. Wedi tân difaol 1984, cafodd y papur gartre newydd gan grŵp y *North Wales Weekly News*, ac y mae'n dal ar fynd.

Yng nghwrs y saith-degau bu John Morus Jones (perchennog yr *Herald* bryd hynny) yn pwyso'n daer arnaf i lunio erthygl wythnosol i'r papur, a'i air ef am yr hyn a geisiai oedd *pot-pourri*. Braidd yn betrus oeddwn i fentro ar ymgymeriad saith-niwrnodol o'r fath, ond o edrych yn ôl heddiw, mae'n anodd credu imi ddal ati heb ball am ddeng mlynedd lawn rhwng 1979 ac 1988.

Rhaid cyfaddef mai pethau digon gwibiog oedd yr erthyglau a sgrifennais,–oedi mymryn gyda helyntion byd a betws, trafod llyfrau ac ymadroddion llafar gwlad, nodi ambell gyffro a ddôi i'r newyddion, weithiau'n orchest, weithiau'n alaeth, cofnod achlysurol am Angau Gawr yn bylchu'r muriau, ar dro sylwi ar dymhorau Natur a'i phlant, dro arall brithgofio peth crwydro yn Ewrop. Rhyw gymysgedd fel yna o fyfyrion blith draphlith fu'r cyfan–*pot-pourri* yn wir!

Yn ystod y gaeaf eleni, ar hwyrnos hamddenus dyn-ar-ei-bensiwn yn prowla trwy gypyrddau, deuthum ar draws pentwr cyflawn o'r erthyglau hynny, dros bum cant o doriadau papur. Honno oedd y noson y deorwyd ar y syniad o ddegymu'r pum cant i bum deg. Mynd ati wedyn i gydio'r detholion wrth ei gilydd, ac wedi cwrs o docio a thwtio, eu glynu'n un golofn. Colofn Bapur, fel petai.

Yn hyn oll, pleser yw cydnabod hen deulu'r *Herald* yn ogystal â'r gofalwyr newydd, y *North Wales Weekly News*. Diolch hefyd i'r Dr. Dyfed Elis-Gruffydd ac i Wasg Gomer am gefnogi'r bwriad, heb anghofio cymorth y Cyngor Llyfrau Cymraeg yn Aberystwyth.

Rhos-lan
1992

Robin Williams

1979

Streic

Arf nerthol iawn yw streic. Erbyn hyn, prin y ceir unrhyw adran o waith nad ydyw rywbryd neu'i gilydd wed codi'r erfyn hwn, ac anelu o leiaf, beth bynnag am danio. Clywsom am streic deintyddion, docwyr, meddygon, dynion tân, gŵyr ambiwlans, trydanwyr, dynion lludw, glowyr, plismyn, athrawon, pobl y wasg, gweinyddwyr amlosgfa,–prin fod un swydd a phroffesiwn na bu defnyddio ganddi ar erfyn streic.

Yn dilyn, fe ddigwydd anghysur i filoedd, onid i filiynau o bobl. Ar un llaw, clywir dadlau bod hunanoldeb ar gerdded trwy'r tir, a bod achos ambell streic yn anystyriol o bitw. Eto, ar y llaw arall, onid hwn yw'r erfyn cryfaf a fedd y gweithiwr i dynnu sylw'r cyflogwyr (a'r cyhoedd hefyd) at ei achos? Dyry streic iddo lwyfan i bledio am gyfiawnder a gwell amodau byw.

Cau ysgolion

Ychwaneger at drwch o streiciau drwch o eira, ac yn sgil hynny, cyfyd cwestiwn arall. Yn ystod Ionawr eleni daeth cnwd ar gnwd o eira gyda haen ar haen o rew. Yn ystod Ionawr hefyd, fe sychwyd tanciau olew mewn cerbydau ac mewn cartrefi. Methodd pobl â thrafeilio a methodd adeiladau â chynhesu. Parodd gau ar ugeiniau o ysgolion mewn gwlad a thref.

A dyma'r cwestiwn yn mynnu codi'i ben unwaith eto: ai doeth fu'r drefn o godi ysgolion mor fawr? Y drefn a barodd fod trên a thacsi a bws yn cribinio darn gwlad o blant, a'u cludo ddegau o filltiroedd i honglaid o ysgol bell-i-ffwrdd. A chyda'r tywydd mawr a'r streic yn taro ar unwaith, wele'r ganolfan wydrog, oerllyd yn cau.

Onid gwell, yn lle'r ysgol honno o fil o blant, fyddai cael tair ysgol lai gyda rhyw drichan disgybl yr un? Byddai canolfan felly'n fwy lleol, ac efallai y gellid bod wedi cadw'r ysgol honno'n agored yn nannedd yr oerfel. O leiaf, byddai problem pellter yn llai, a chyda'r adeilad hefyd yn llai, byddai'r dasg o'i dwymo gymaint â hynny'n haws. A'r awyrgylch yn llawer mwy cartrefol rhwng disgyblion ac athrawon. Haws trafod bwthyn na chastell.

(Ionawr 23ain)

Cannwyll a lamp

Os bygythir streic betrol, dyna'r cerbydau'n tyrru i'r modurdai nes sugno'r pympiau'n hesbion. Parodd streic y gyrwyr lorïau i silffoedd a chistiau'r siopau mawr gael eu gwagio'n noethlwm hyd at y fframau. Heb betrol, heb drafeilio; heb drafeilio, heb nwyddau mewn na warws na marchnad. Os atelir trydan, ni bydd golau, na radio, na theledu na phapur newydd.

Ond o gysidro, onid pethau diweddar iawn yw'r hwylustodau hyn? Y mae cenhedlaeth ohonom yn fyw heddiw sy'n cofio cyfnod cannwyll yn y llofft, lamp olew yn y gegin, mawn yn y grât, tŷ bach ym mhen yr ardd, ceffyl yn y stabl, a siop-bob-peth yn y pentref.

Yn y cyfnod hwnnw a basiodd yr oedd llawer anhwylustod bid siŵr, swm o anghyfiawnder a gormes, gyda chyflwr cymdeithas yn llethol o anwastad. Nid ple yw hyn dros fynd yn ôl i'r hen amser yn gymaint â rhyfeddu mor rymus a nobl y cerddodd y canrifoedd rhagddynt, a hynny heb un arlliw o dechnoleg ein blynyddoedd esmwyth ni.

Nid oedd compiwtar gan Galileo, na radar gan Columbus, dim awyren gan Marco Polo, na dril-trydan gan Michelangelo, Handel heb stereo, a Phantycelyn heb Volkswagen. Eto i gyd, fe adawodd y cewri hyn fawredd ar eu hôl. Nid oherwydd un dim, ond er gwaetha pob peth.

Agor y drws

Un o'r telynegion hyfrytaf gen i yw honno gan Cynan i'r eirlysiau. Fe gofiwn fis Hydref yn blingo'r coed o'u dail, Tachwedd wedyn gyda'i niwl a'i dywyllwch, Rhagfyr â'i ddrycin a'i genllysg, y gaeaf yn hir, ddigalon, a Ionawr yn cyrraedd â'i dywydd caled. Ond ar ryw fore iasoer wrth agor y drws, yn wir y maen nhw yno,–clystyrau'r eirlys wedi ymwthio trwy'r pridd barugog, a'u petalau'n ogoneddus wynion. Blodau cynta'r flwyddyn yn tystio ym mis Ionawr fod y wyrth o hyd yn y ddaear, a bod gwanwyn draw rownd y tro. Ffordd Cynan o ddisgrifio blodau'r eira oedd benthyg darn o hen emyn:

> Oll yn eu gynau gwynion,
> Ac ar eu newydd wedd
> Yn debyg idd eu Harglwydd
> Yn dod i'r lan o'r bedd.

Gyda llaw, dywedodd un cyfaill wrthyf mai disgrifio proses gwbl naturiol oedd Cynan yn ei delyneg, ond bod yr Atgyfodiad yn ddigwyddiad uwchnaturiol. Pwnc dadl digon teg.

(Ionawr 30ain)

Dilys

Er na fynnodd brif ran yn y perfformiad, gyda cholli Dilys Cadwaladr diflannodd cymeriad lliwgar o ddrama'r genedl. Dim ond bob hyn a hyn yr ymddangosai Dilys ar y llwyfan, ond cyn sicred ag y gwnâi byddai'n ennyn chwilfrydedd mewn gwyliwr a gwrandawr: bywyd o antur yng Nghymru ac yn Lloegr, salwch peryglus yn ifanc, cartre'n mynd ar dân, ennill coron yr Eisteddfod Genedlaethol, priodi Leo Scheltinga, cael croeswynt ar Enlli, a hedd ym Mwlch-nant-yr-heyrn.

Yn ddiweddar daeth i fyw i'r Suntur, lle ganed y pregethwr a'r awdur, Robert Jones, Rhos-lan. (Erbyn Ebrill eleni bydd cant a hanner o flynyddoedd wedi pasio er marw'r athro taer hwnnw.) Byddai'n arfer gennym gael cip ar Dilys a'r ci bach yn cyflym gerdded ar eu tro boreol. Un dydd, wrth sgwrsio â hi ar bwys y giât, sicrhaodd fi y byddai'n teimlo bod 'Robat' efo hi'n aml iawn yn y Suntur.

Dro arall dywedodd fod ganddi nofel wedi'i gorffen ers amser yn y tŷ, gan ychwanegu'n ddyrys: 'Mae'n debyg na wna i ddim byd efo hi chwaith'. Tybed beth a ddaw o'r gwaith hwnnw? Dilys Cadwaladr, enaid o athrylith ac o enigma.

Llyfrau'r Deillion

Un newydd hapus y dylid ei gyhoeddi'n ddyddiol yw fod llawer iawn mwy o dda yn y byd nag o ddrwg. Mae nifer synfawr o gymdeithasau sy'n gollwng trugaredd ar gerdded, fel y cysgod a gynigir i drueiniaid y dinasoedd gan Fyddin yr Iachawdwriaeth, y cymorth parod sydd dros y byd gan y Groes Goch, y casglu a'r gwarchod a wneir er mwyn ffoaduriaid, y cartrefi sy'n agor i blant amddifaid a difreintiedig. Clod hael i'r hen ddaear hon am fod ei thosturiaethau mor amrywiol a mynych.

Lle dyrchafol i droi iddo yw'r adeilad hwnnw sydd ar fin y stryd fawr ym Mangor, sbel fach i lawr o gyfeiriad Woolworth. Yno mae siop a swyddfa Cymdeithas Gogledd Cymru ar gyfer y Deillion. Un wedd ar y prysurdeb yno yw darparu llyfrau. Nid cyhoeddi llyfrau mewn *braille* yw'r syniad arbennig hwn, ond recordio llyfr ar gasét. Mewn stiwdio uwchben y siop, trefnir bod llyfr yn cael ei ddarllen air am air yn lân, ofalus o un pen clawr i'r llall. Trwy ddiogelu'r llyfr ar dâp fel hyn, caiff y dall wedyn ei glywed yn nhawelwch ei gartref.

(Nodiad: Erbyn 1992, mae cryn 120 o lyfrau wedi'u recordio. Ond y mae Bryn Williams, technegydd y Gymdeithas ym Mangor, yn anfodlon ar y nifer, a'i uchelgais ef yw recordio llawer iawn mwy o'r llyfrau llafar hyn.)

(Chwefror 6ed)

Aredig

Gwefr annisgrifiadwy yw gwylio swch yn codi cwys ar ôl cwys o dan grawen daear las. Profiad ynddo'i hunan yw gweld tyndir yn cael ei agor a'i blygu drosodd yn bridd gwyryf. Ar wahân i'r gweld, peth heb ei fath hefyd ym mhroses aredig yw'r sŵn. Erbyn heddiw, gyda'r tractor yn agor teircwys ar y tro (sy'n arbed y llafurwr yn ddirfawr, wrth reswm) ni chlywir fawr ddim ond poeriadau'r peiriant.

Ond yng nghyfnod y ceffyl, yr oedd ymrafael y creadur nerthol hwnnw'n beth i'w glywed, claddiad trwm pedolau'r anifail ar y tir, a'i anadlu cryf wrth daer dynnu, tincial cadwyn neu ddwy, a thuchan yr arddwr ei hun yn ochrgamu wrth gyrn yr aradr. Wedyn y sŵn a ddôi o gyfeiriad swch a chwlltwr yn araf drywanu'r maes, daear sorth yn troi drosodd, cerrig yn crafu, gyda gwylanod o'r tu ôl yn hewian.

Ac yna'r arogleuon cwbl ddigymar a berthyn i bridd a chlais, glaswellt a chwys anifail, a'r rheiny'n cael eu hangerddoli a'u cymysgu, lond maes ohonyn nhw, yng ngwres haul.

Gair yr ymateliais rhag ei ddefnyddio hyd yma oedd yr un dethol hwnnw gan R. Williams Parry yn ei gân 'Eifionydd', y gair 'rhwygo'. A'r fath wrthgyferbyniad sydd yn y llinell am yr aradr ar y ffridd

Yn rhwygo'r gwanwyn pêr o'r pridd.

Nerth metel gloyw didrugaredd yn erbyn meddalwch y gwanwyn. Ac yn ei 'rwygo' allan!

Lliwiau

Lliw'r blodyn cynnar yn Ionawr oedd gwyn. Yn dilyn hynny, daeth melyn i'r eithin ac i ddant-y-llew. Yna glas clychau'r gog, ac o hyn ymlaen bydd y lliwiau'n loddest. Wrth grwydro Cymru ôl a gwrthol yng nghwrs y blynyddoedd, deuthum i adnabod lleiniau o flodeuo (ac o ddeilio) blynyddol. Y briallu hynny sydd rhwng Llanwrda a Llandeilo, reiat o ddaffodil rhwng Blaen-ffos a Chilgerran, a bwtsias y gog ar y gwrym wrth Dre Taliesin. Wedyn y rhododendron ar lethrau Dinas Mawddwy, y tresi aur (*laburnum*) ar gloddiau fferm rhwng Synod Inn ac Aberteifi, a'r urddasolion hynny o ffawydd-copr ym Metws Bledrws rhwng Llanbedr Pont Steffan a Thregaron. A phan ddaw ei amser, y grug ar fynydd Cefnamwlch yn Llŷn. Ac yna'r hydref yng nghoed y Ganllwyd.

(Mai 8fed)

Blewyn rhydd

Mae'n rhyfedd fel y gall mân bethau ddat-gloi'r cof a megino'r dychymyg: *Turn but a stone and start a wing*. Bu gennym ni gi *collie* am un flynedd ar ddeg, creadur hardd anghyffredin, o fath 'Lassie', yn ei wasgod wen a'i gôt o winau a du. O gadw ci felly ar draws y tŷ, yn anochel byddai blewyn neu ddau yn cydio yn nefnydd ein dillad fel teulu.

Un pnawn yn ne Ffrainc, safwn yn unig ar bont Sant Michel yn ninas Lourdes, ac ar foment fyfyrgar uwchlaw afon *Gave de Pau*, dyma sylwi ar flewyn rhydd yr hen gi yn ysgwyd gyda'r gwynt o dan laped fy nghôt, blewyn oedd wedi glynu ym mhlyg fy siwt, a'm canlyn yr holl ffordd o Gymru bell.

Cofiaf ei dynnu allan yn ofalus sacramentaidd, yn flewyn chwe modfedd o wyn a gwinau, ei ddal o'm blaen, yna'i ollwng gan bwyll a'i wylio'n esgyn gyda'r awel nes diflannu am lethrau'r Pyreneau. Bob yn awr ac eilwaith byddaf yn rhyw ddotio o feddwl bod blewyn yr hen gi *collie* hwnnw'n gorffwys hyd heddiw ar y creigdir rhwng Ffrainc a gwlad y Basgiaid.

AA 205

Wrth balu yng ngardd yr hen fwthyn, daeth telpyn o fetel i'r golwg rhwng dannedd y fforch. Wedi ysgwyd y pridd oddi arno a'i sgwrio'n hir, canfûm mai disg main ydoedd o haearn solet gydag enamel coch, disglair ar y ddwy ochr, ac ymyl y cylch mewn enamel du. Ar yr enamel coch y mae dwy lythyren gain: AA. Ar waelod y disg y mae'r rhifau breision: 205. Mae'r disg yn bedair modfedd a hanner ar ei draws, ac yn pwyso pum owns.

Anfonais at Gymdeithas Moduro'r AA ar fenter gyda'r manylion, a chael gair ganddyn nhw ei fod yn *one of the very early identification discs issued to AA Patrols, probably in 1906 . . . and was discontinued about 1909. All this is bound up very much with the origins of the AA Patrol Service which lay in the need to warn drivers of the existence of police speed traps.*

Ymddengys mai'r un un oedd y clefyd yn 1909 ag yn 1979. Dim ond fod y *speed* yn ogystal â'r *traps* yn ddwysach pethau erbyn heddiw!

Trebor

Trwm o newydd oedd clywed am farwolaeth y Parchedig Trebor Lloyd Evans. Fe gofia darllenwyr yr *Herald* ef fel gweinidog gyda'r Annibynwyr ym Mhen-y-groes, Arfon, cyn symud tua'r de a chartrefu yn Abertawe. Yr oedd yn bregethwr nerthol iawn, yn ysgolhaig a diwinydd dyfal, yn eisteddfodwr a beirniad prysur.

Ar ben hynny, fe sgrifennodd nifer helaeth o lyfrau, i enwi dim ond *Damhegion y Deyrnas*, a'r cyfieithiad hyfryd hwnnw, *Cymru Kilvert*. Fel nai i Bob Lloyd, benthyciodd Trebor gannoedd o lythyrau a anfonasai ei ewythr dawnus at gyfeillion, a'u cynnwys mewn un llyfr diddan o dan y teitl *Diddordebau Llwyd o'r Bryn*. Cwbl addas yw ychwanegu deuair cefnogaeth y Llwyd i laweroedd am Trebor, yntau: 'Da was!'

(Mehefin 24ain)

Iwgoslafia

Er bod yr hanes yn mynd yn ôl filoedd o flynyddoedd, ac nas gwnaed yn un wlad tan 1918, dyna'r pryd y ganed yr enw Iwgoslafia. Tua'r bedwaredd ganrif O.C., perthynai Serbia, Macedonia a Montenegro i ymerodraeth Caergystennin, gyda Slofenia, Croatia a Dalmatia o dan adain Rhufain.

Erbyn heddiw, ffederaliaeth o'r chwe gweriniaeth hynny yw Iwgoslafia. Mae'n ffinio ar yr Eidal, Awstria, Hwngari, Romania, Bwlgaria, Groeg ac Albania gyda Môr Adriatig yn lan orllewinol hirfaith iddi. Ni fyn y bobl eu bod ar yr un patrwm â chomiwnyddiaeth Rwsia. Yn Iwgoslafia, y mae ffatri neu westy yn perthyn i'r gymuned i gyd, yn cael ei rheoli gan y rhai sy'n gweithio yno, a hynny, meddir, yn gosod cyfrifoldeb ar y bobl, heb sôn am fagu hyder a chystadleuaeth iach.

Hawdd credu hyn, yn ôl yr ymroad sydd yn y trigolion. Un dydd, roeddem wedi talu ar gyfer mynd ar daith o gylch rhanbarth Istria ar y trannoeth, pryd y byddai bws yn ein codi am 7.30 yn y bore. Y noson gynt, wrth ofyn i weithiwr ger ei ddesg am gael ein deffro'n blygeiniol, addawodd yn bendant y byddid yn sicr o'n galw mewn da bryd.

Ychwanegodd wedyn mai'r rheol yn y gwesty oedd hyn: pe na bai'r gofalwr yn cofio am ein galw, a bod hynny'n achos inni golli'r daith, yna byddai'r gweithiwr hwnnw'n gorfod talu holl gost y trip o'i boced ei hunan, a'n digolledu ninnau fel ymwelwyr.

Cawsom yr Iwgoslafiaid yn bobl hyfryd gyda'u croeso mor dwym â'r haul, ond heb ias o daeogrwydd. Nid erys ond dyfynnu'r ddeuair Serbo-Croateg a godwyd yno: *Dobro!* (da) *Hvala!* (diolch).

(Nodiad: Yn ystod 1991, cerddodd cyffro cenedlaethol drwy Iwgoslafia pan aeth gweriniaethau Serbia a Croatia i yddfau'i gilydd, a bu rhyfela difrodus yn enw annibyniaeth a thalu pwyth.)

(Awst 31ain)

Heb HTV

Mi gredaf mai nos Fawrth y 'Genedlaethol' oedd hi, a ninnau newydd gyrraedd yn ôl o Gaernarfon. Troi botwm y teledu i weld beth oedd gan gwmni Harlech fel arlwy ar 'Y Dydd' o faes y Brifwyl. Am nad oedd llun ar y sgrîn, o rywle y tu draw i'r llen lwydlas dyma lais Gwyn Parry yn esbonio y byddai'r rhaglen yn dilyn 'o fewn ychydig eiliadau'.

Er hynny, y mae mis wedi mynd heibio, a nifer yr 'ychydig eiliadau' bellach wedi pasio 2,419,200,–a chymryd bod y teclyn-rhifo yn saff o'i bethau. Fodd bynnag, ni welwyd cysgod o Gwyn Parry byth er hynny, na'r diddan Vaughan, na'r bert Elinor, nac ychwaith Huw Davies, Gwyn Erfyl, nac un eiliw o neb arall ymysg Gŵyr Harlech. Na Gwragedd Harlech, o feddwl. Y cyfan sy'n ymddangos beunydd beunos ar sgrîn HTV (gyda miwsig yn gefndir) yw'r geiriau a ganlyn:

Independent Television

We are sorry to tell you there will be no further programmes on this channel to-day. We will give you more information to-morrow

Mañana! Eto, y peth diddorol yn hyn oll yw ein bod, o orfod, yn medru gwneud heb y sianel honno'n burion, ac yn medru byw'n hollol ddiddan hebddi.

Sgwrs aelwyd

Yn ystod gaeaf 1973-74, effeithiodd streiciau'r trydanwyr yn llym ar bethau gan orfodi'r sianelau teledu i ddiffodd pob sgrin o ddeg o'r gloch ymlaen. Am rai nosweithiau nid oedd teledu i'w gael am fin nos gyfan. Ond un canlyniad iachus i'r digwydd hwnnw oedd i deuluoedd a chymdogion ddechrau mwynhau cwmni'i gilydd o newydd, ymroi i sgwrsio'n ddifyr, ac i ddarllen yn llawer helaethach na chynt.

Pan ddaw cytundeb rhwng y gweithwyr a'u meistri, a gollwng eto holl sianelau ITV yn gymysg â rhai'r BBC, onid peth da fyddai i'r cyfryngau hyn gyda'i gilydd ystyried gadael awr neu ddwy heb ddim teledu o gwbl? Byddai'n arbrawf gwerthfawr, ac yn gyfle i bobl yn y tawelwch gartre gael gwynt a sgwrs fel yn y dyddiau gynt a fu.

(Medi 11eg)

Drwg arfer

Mae'n debyg fod gan bawb ohonom ryw arferiadau bach nad ydym gan amlaf yn sylweddoli eu bod ar fynd o gwbl gennym. Hawdd gan Dr. David Owen yw rhedeg ei law dros wallt o dan fargod ei dalcen. Mr. Heath, yntau, wrth chwerthin yn siglo'i ysgwyddau. Mae'r drwg arferion yn lleng: pletio gwefus, chwarae â chlust, gwthio pont sbectol wythfed yn uwch ar drwyn, neu dynnu sbectol i ffwrdd a'i gosod yn ôl eilwaith, ac felly drachefn a thrachefn, cnoi pen biro, cnoi ewinedd, cnoi gwelltyn, heb sôn am droelli'r fodrwy am fys ...

Braich anniddig

Purion fydd manylu mymryn ar y dwylo, yn enwedig wrth annerch. Yn y cynadleddau gwleidyddol mae'n ddiddorol sylwi fel y saif y traethwr gyda'i bapurau o'i flaen ar yr astell gan fytheirio i'r meicroffon. Ond tra bydd wrthi'n siarad, y mae un fraich iddo'n chwifio fel asgell melin, fel pe na bai'n rhan o'r dyn o gwbl.

Mae'r fraich yn gweithio'n gyflym i fyny ac i lawr gyda'r hirfys ar ei blaen yn pwyntio'n ddiamcan gan fflangellu'r awyr at-i-lawr yn dra ffyrnig. Ac nid yw'r dyn a'i piau (mwy na neb arall hyd y gwn i) yn cymryd un math o sylw o'r fraich anniddig hon.

Myn ein brodyr dawnus o seicolegwyr fod rheswm cudd am y pethau hyn oll: bod y sawl sy'n siarad dan gau'i ddwrn yn un o dan straen, bod y dyn sy'n plethu'i ddwylo'n barhaus yn ansicr ohono'i hunan, bod y dyn sy'n pwyntio yn frawd ymlidgar, a bod y sawl a esyd ei fraich ar draws ei frest yn un sy'n ceisio'i amddiffyn ei hunan rhag y byd o'i gwmpas. A ellir cyffredinoli fel hyn am law a braich, ni wn. Ond y mae un peth sy'n bendant o fod yn wir: na ellir rhoi un dim mewn dwrn heb iddo agor.

(Medi 18fed)

Oes y robot

Bellach gwawriodd dydd yr ysglodyn-silicon a'r rhaglen electronig. Gall Cwmni Fiat gynhyrchu cerbyd cyfan mewn ffatri heb ddynion o gwbl yn gweithio ar ei llawr, gan fod y robot metel, o'i diwnio a'i gyweirio, yn cyflawni'r holl gywreinwaith.

Golygfa sydd braidd yn dychryn rhywun yw'r 'dyn haearn' hwnnw'n hofran yn ddistaw a mesuredig o gwmpas ei ffatri gyda bysedd metel yn gosod darnau yn eu lle, a dwrn dur sy'n pwnio pantiau yng nghorff y cerbyd, ac ewinedd sy'n fflachio tân wrth weldio ac asio'r cyfan. A'r syfrdandod yw ei fod wrthi'n ddiball o awr i awr, ac na all fethu mewn manyldra am fod yn ei berfedd 'raglen' sy'n ddi-ffael i drwch blewyn. Ni all y robot flino chwaith, na phrotestio. Na maddau, petai'n dod i hynny.

Dyn y ffordd

Eto, mae i'r peiriant caled ei wendid. Dyna un rheswm pam ei bod mor chwith inni golli dyn y ffordd o'n bröydd. Yn y dyddiau a fu, cyfrifoldeb y cyfaill hwnnw oedd gwarchod rhwydwaith o ffyrdd a'u cadw'n daclus. Yno y'i gwelid ar ei *length* gydag offer syml o ferfa, caib, rhaw, cribin, brws-bras, cryman a chalan-hogi. Byddai wrthi'n crymanu'r gwrychoedd yn ddestlus, yn rhuglo'r tyfiant yn rhydd o'r ymylon, yn brwsio min y ffordd yn lân hyd at fôn eitha'r clawdd, a chludo'r bawiach ymaith yn ei ferfa. A phan ddôi cenlli, byddai'r dŵr yn rhedeg yn ddidagfa i'r ffosydd a adawodd ef o'i ôl.

Erbyn hyn fodd bynnag, fe ddiflannodd dyn y ffordd, ac yn ei le daeth y dyfeisiau newydd. Bellach, darfu am sŵn cryman yn brathu, ac am grafiad y galan-hogi, tawodd tinc y rhaw a rhygniad cribin a siffrwd brws-bras. Yn lle'r dyn ffordd beunyddiol daeth y tractor ysbeidiol. Fe ddaw'r peiriant unfraich hwnnw'n arfog o gyllyll prysur, ac wrth gadw'n glòs at y gwrych, y mae'r fraich fetel yn malu'r brigau a'r drain a'r blodau yn eisin mân dan slasio a rhisglo'r perthi'n ddidrugaredd.

Brysiaf i ddiolch am bob dyfais sy'n arbed lladdfa i'r gweithiwr, eto mae i'r tractor hwn ei ddiffygion. Ni all ddilyn pob chwydd a phant sydd mewn clawdd fel y medrai dyn y ffordd. Am na all y cyllyll raselu pob un ddraenen, yr hyn sy'n digwydd yw bod y fieren yn plygu o afael y llafnau, a phan basia'r peiriant heibio y mae'r ddraenen honno'n chwipio allan yn ei hôl lle caiff lonydd mwyach i rymuso'n wydn. Am na all y cyllyll chwaith lwyr lanhau bôn clawdd, gadewir yno fagwrfa ddelfrydol i ddreiniach ffynnu.

Y dydd o'r blaen, roedd tair o wragedd wrthi'n trafod draenen ddisberod oedd wedi cydio mewn edefyn yn sgert un ohonyn nhw a gadael crych amlwg ar y defnydd neilon. Wrth i'r ferch droi yn ôl i bwyntio at fan yr anhap, cafodd ei bachu'n filain yn ei gwallt gan fieren oedd yn uwch i fyny ar y clawdd. Petai'n nos dywyll gallasai mor hawdd â dim fod wedi cael ei chreithio ar draws ei llygaid.

Er mor hwylus yw'r tractor crafaglog, eto nid cymwynas i gyd mo'i lafur. O gofio pwylldra manwl dyn y ffordd gynt, prin y byddai ei gryman ef wedi gadael dreiniach strae felly ar ei ôl.

(Medi 25ain)

Enlli

Yn nghwrs y misoedd, mae'r golofn hon wedi crybwyll nifer o ynysoedd: Ynys Môn, Ynys Manaw, Yr Ynys Werdd, Ynys yr Iâ, Ynys Skye, Ynys Rab, ac yn gymharol ddiweddar Ynys Enlli, gyda chyhoeddi llyfr H. D. Williams amdani.

Heddiw, mae'n rhaid nodi Enlli unwaith yn rhagor, a'r rheswm y tro hwn yn un lled bersonol. O fod wedi galw ar ynysoedd yma a thraw, roedd peth euogrwydd yn magu am na fûm hyd yma ar draws y Swnt enwog. O gael fy ngeni ym Mhenycaerau yng ngolwg yr ynys, roedd gorfod cyfaddef na fûm erioed arni yn dwysáu'r cywilydd fwyfwy.

Erbyn heddiw, rwy'n anadlu'n rhydd. Dydd Llun, Medi'r 10fed, am ddeng munud wedi un, dyma roi troed ar Ynys y Saint, a gwneud hynny gyda balchder rhyfedd. O hyn ymlaen, bydd cyfaredd yr ynys dawel dros y lli yn rhan ohonof innau, ac yn gwahodd eto, bid siŵr.

Y cyntaf a welais ar ôl glanio oedd *Winston Churchill*. Cystal egluro mai cwch enfawr oedd hwnnw wedi dod o'r llong oedd wrth angor draw ger y trwyn, llong nobl o eiddo Trinity House, yn dwyn yr enw *Winston Churchill*. Ninnau'n digwydd bod yno ar yr union awr yr oedd gwŷr y Goleudy yn llwytho nwyddau dros y gaeaf, barilau'n llawn olew ac angenrheidiau o'r fath ar gyfer y peiriannau.

Yn dywysydd difyr i esbonio hynt a helynt yr Ymddiriedolaeth yr oedd yr Athro Bedwyr Lewis Jones, a aeth â mi i olwg llwybrau a thai ac adfeilion yr ynys. Caed sgwrs gyda Dafydd Thomas oedd wrthi'n toi ger y fynachlog, a gwrando wedyn ar Haf Williams yn egluro'r mynd a'r dod fu yn y ddwy hostel gydol yr haf.

Dim ond dwyawr frysiog oedd i'r ymweliad hwn cyn troi yn ôl at gwch Huw Glandaron. Yntau'n cyrsio'r llestr a'i lwyth ymwelwyr yng nghysgod yr ynys cyn dod at y Swnt brochus. Anelu wedyn tua'r arfordir yng nghyfeiriad Uwchmynydd cyn troi'r cwch ger y Parwyd erchyll, ac yno yng ngolau llachar yr haul, rhyfeddu at loddest y lliwiau yng ngwythiennau'r creigiau hynny: y tywyll trwm, y cochddu, melyn clai, melyn aur, eiliw oren yma a thraw, yna gwyn a gwinau. A rhai lliwiau na aned enwau iddyn nhw hyd yn hyn. Lliwiau nas gwelir fyth heb ddod o Enlli a hithau'n ddiwedd pnawn ym Medi.

(Nodiad: Ergyd lethol oedd clywed am farwolaeth sydyn yr Athro Bedwyr ar Awst 29ain, 1992.)

(Hydref 2fed)

1980

Aber-iâ

Y mae cefn gaeaf fel hyn yn amser delfrydol i oedi ym Mhortmeirion, am nad oes dim rhuthr ymwelwyr yn y lle. Yn ystod deuddydd o hamddena yno, pump o bobl yn unig a welais i. Pentre cwbl wag, yn llonydd o dan farrug, heb sŵn yn y byd ond prysurdeb adar coed ac adar môr, a pharabliach nant a phistyll.

Teimlir direidi'r pensaer, Clough Williams Ellis, dros bob modfedd o'r fan: adeiladau diarth gwlad hud a lledrith, lliwiau pastel yn llonni'r hirlwm mewn piws eiddil, pinc egwan, gwyrdd cynnil, a chochliw cyfoethog nas gwelais ond unwaith erioed o'r blaen, a hynny mewn daeargell yn ninas Pompei. A phetai criw o dylwyth teg wedi dod ataf o du ôl i'r golofn Gorinthaidd, ni buaswn wedi troi yr un blewyn.

Mymryn bychan o le oedd hwn pan brynwyd ef gan y Clough ifanc yn 1925. Yr hen enw ar y fangre oedd Aber-iâ. Clywais ddweud i'r pensaer bohemaidd weithio'i freuddwyd ar batrwm Portofino sydd islaw Genoa yng ngogledd yr Eidal. Clywais hefyd wadu hynny. Wel, os nad Portofino, ple arall, ynteu? Unrhyw fan o'r Eidal, ddywedwn i.

Onid yw'r enwau a roes Syr Clough ar drigfannau pentre'i ddychymyg yn gwbl Eidalaidd,–*villa, dome (duomo), campanile, piazza, Pantheon*? Ac am y pileri, y bwâu, y colofnau, y cromenni, yr eryrod, y llewod a'r delwau (heb anghofio'r lliwiau), gellir taro ar y rhain unrhyw ddydd pe teithid o waelod Salerno trwy Amalfi, Positano, Sorrento ac i fyny tua'r gogloedd am San Remo.

Petaem ni ar un noson dawel yn mynd ati i godi pentre Portmeirion yn ei grynswth, yn ei gludo o Gymru a'i osod yn ddistaw ar y traeth agosaf i Portofino, ni fyddai'r Eidalwyr wrth godi fore trannoeth yn sylwi fod un dim o'i le. Mae'n bosibl y bydden nhw'n rhoi enw i'r pentre: rhywbeth fel Portomeirioni. Neu'n well fyth, efallai–Aberia.

Ymwelwyr

Wrth gipio trwy'r Llyfr Ymwelwyr oedd gan mam erstalwm, sylwais ar lofnodion y cyfeillion hyn a fyddai'n galw ar eu tro: Tegla Davies, Bob Owen, Tom Nefyn, J. J. Williams, J. P. Davies, Griffith Rees, Gwynfor Evans, Canwy, William Jones, Tremadog.

Mae sylw Llwyd o'r Bryn yn werth ei nodi: 'Bu agos imi gredu fy mod i gartre, ac anghofio mynd odd'ma'. Yn y Llyfr hefyd y mae llofnod Edeila, a'i phriod J. O. Williams, fu'n cydweithio â Jennie Thomas ar y campwaith hwnnw, *Llyfr Mawr y Plant*. Ar Ebrill 16eg 1949, wele hyn: 'Nansi Richards (Telynores Maldwyn). Wedi dod yma am bum munud ac aros am bum awr'.

Erbyn heddiw, mae pawb ohonyn nhw wedi mynd dros y ffin.

(Ionawr 15fed)

Acenion

Flynyddoedd lawer yn ôl bellach, fe drefnodd y diweddar Ifan O. Williams i Cledwyn, Merêd a minnau ddarlledu cân Saesneg i ynys Cyprus. '*I know where I'm going*' oedd honno, ac wedi bod am sbel yn nyddu harmoni iddi, dyma'i chanu'n ddigyfeiliant trwy'r meicroffon i gyfeiriad Cyprus. Ond wedi'r darllediad, a ninnau'n cael gwrando wedyn ar ein perfformiad, bu'r tri ohonom yn methu'n deg â derbyn mor drwm oedd tafod y tri Chymro ar y sain 's'. Ym mhum pennill y gân, yr oedd ugain 's' i gyd, gyda phwyslais y triawd yn sisialu'r sibilant Seisnig rywbeth yn debyg i hyn bob cynnig:

'*Ssome ssay he'ss black, but I ssay he'ss bonny . . .*'

Nid peth i gywilyddio o'i blegid o gwbl yw hyn yn gymaint â derbyn fod gan bob cenedl ei thafod nodweddiadol ei hunan wrth dorri gair. Yr un modd y clywir acenion Gwyddelig yr Henesseys wrth ganu 'Rownd yr Horn', dyweder. A dyna Gôr y Fyddin Goch wedyn yn mentro 'Tiperary' yn Saesneg, a seiniau Rwsaidd Gerasimov yn dod trwodd fel hyn:

'î-tselong gyfê tw Tip-er-êrri . . .'

Daliwch i ganu, hogia! Tra bo Cymru a Rwsia, Iwerddon a Lloegr–a Chyprus–yn cyrraedd ei gilydd trwy fiwsig, fe bery gobaith yn olau, ni waeth beth a fo'r acen. Onid gwell cân na channon?

Hoff englyn O. M. Lloyd

Aeth yn ddydd Iau olaf Ionawr cyn i'r eirlysiau ymagor o flaen y tŷ eleni, ac ar y Llun cyntaf o Chwefror y gwelais oen bach cyntaf y flwyddyn hon. Ond rhwng dau arwydd gobeithlon fel yna, disgynnodd llen o drymder ym marwolaeth y Parchedig O. M. Lloyd.

Digwyddwn fod yn pregethu ym mhulpudau Rhos-lan a Llanystumdwy ar y Sul cyntaf o Chwefror, a braint drist fu cael dweud gair o goffa amdano yn y ddau le, gyda'r gynulleidfa'n sefyll o barch i'r gŵr da. I'r ofalaeth hon y daeth O. M. Lloyd yn weinidog ifanc yn 1934.

Mewn telediad a wnaeth gyda'r BBC sbel yn ôl, roedd O.M. yn nodi mai ei hoff englyn ef oedd 'Y Rhosyn a'r Grug' gan y bardd Pedrog:

> I'r teg ros rhoir tŷ grisial–i fagu
>   Pendefigaeth feddal;
> I'r grug dewr y graig a dâl–
> Noeth weriniaeth yr anial.

(Chwefror 19eg)

Adar celanedd

Tito druan. Bu'n clafychu ers misoedd lawer. Yn Ionawr eleni, ac yntau'n saith a phedwar ugain mlwydd oed, dirywiodd ei gyflwr. O'r foment honno dechreuodd gwasg a radio a theledu ymlyfu o gylch ei farwolaeth. Yn awr gydag arlywydd y wlad yn yr oedran hwnnw, peth eithaf naturiol yw dyfalu pwy fydd arweinydd nesaf Iwgoslafia. Ond aeth y crybwylliadau mynych am ei dranc agos, ac yntau'n dal yn fyw, yn eitemau hynod ddi-chwaeth.

Cynyddai'r adroddiadau am ei gyflwr gwachul, bod ei galon yn wan, a bod llid ar ei ysgyfaint. Ond dal i fyw a wnâi Tito. Yna, hysbyswyd y byd yn ddramatig y byddai datgymalu ar ei goes yn ei lethu'n derfynol. Ond dal i fyw a wnâi Tito. Ddydd ar ôl dydd, âi'r naill fwletin ar ôl y llall yn dywyllach, dywyllach: *'Sinking'* meddid un diwrnod, *'In a coma'* ddiwrnod arall. A thrannoeth, i gloi mater y trengi cyndyn hwn yn derfynol fel petai, cafwyd yr hysbysiad caled: *'President Tito has reached the point of no return'*. Ond dal i fyw a wnâi Tito.

Wedi mis a mwy o hyn, penderfynwyd rhoi cynnig ar bethau o gyfeiriad arall. Gan fod Tito'n mynnu byw, daeth bwletin i ddweud ei fod wedi tynnu trwy'r driniaeth, ei fod wedi dadebru o'r coma, ac yn siarad unwaith eto ac iddo roi neges i'r gwledydd chwilio am ffordd tangnefedd. Pawb yn llawenhau.

Fodd bynnag, erbyn diwedd Chwefror, â'r claf wedi gwrthod marw i batrwm y newyddion, daeth yr adar celanedd i hofran uwch ei ben eto fyth. Y tro hwn, roedd yr Arlywydd yn colli gwaed, a'i galon yn gwanhau. *'He cannot last much longer,'* meddid, *'and the end must be near.'* Ond dal i fyw a wnâi Tito.

Serch hynny, mynnai sgrin a phapur a radio daenu'r caddug. Boed ffaith neu beidio, roedd rhywbeth anesmwyth o aflednais yn y dull hwn o hybu diwedd hen wron,–ac yntau'n dal yn fyw.

Roedd yn union fel pe bai'r Adran Newyddion wedi mynd â'r Uned i ganol Bro'r Cysgodion, wedi cael gafael ar flaen colyn Marwolaeth ei hun, a'i stretsio fel lastig i gyfeiriad Tir y Byw, ei fachu wrth wegil hen arweinydd llesg yn Ljubljana, a'i lusgo cyn pryd i'w fedd. Ni synnwn glywed fod Angau Gawr wedi bloeddio'i brotest wrth y fwlturiaid afiach: 'Gadewch lonydd i Tito, wnewch chi? Mi ddof-i i ben â'r job yma yn f'amser i fy hun'.

Caradog

Ar glawr rhifyn Chwefror o *Barn* y mae darluniau o ddeuddeg o enwogion y genedl a gollwyd yn ystod y saithdegau. Nid yw 1980 ond ychydig dros ddeufis oed, ac eisoes torrwyd mwy nag un bwlch yn y mur. Ac wele nodi marwolaeth Caradog Prichard, y newyddiadurwr a'r bardd a enillodd Goron yr Eisteddfod Genedlaethol deirgwaith yn olynol yn 1927-8-9.

Yn nosbarthiadau nos y gaeaf, bûm yn trafod un o lyfrau'r gŵr cymhleth hwn, *Un Nos Ola Leuad*, nofel gyda'r hynotaf yn yr iaith, ac enghraifft nodedig o'r pathos oedd yn enaid mawr Caradog Prichard.

(Mawrth 11eg)

Moelfre

Nos Sadwrn, wythnos yn ôl, cyfeiriodd Michael Parkinson ei raglen deledu tua'r môr. Y gŵr gwadd oedd Richard Evans, *coxwain* enwog bad-achub Moelfre. Profiad cynhyrfus oedd gwylio wyneb yr arwr mwyn hwn yn llenwi'r sgrin, gydag acen y Cymro o Fôn yn cyfareddu Michael Parkinson a'i gynulleidfa.

Yn ychwanegol at hynny, roedd personoliaeth gynnes Richard Evans, a'i ddawn adrodd stori, yn hidlo trwodd. At hyn oll, roedd ail-fyw drama fawr achub criw'r *Hindlea* yn 1959 yn gyffro sy'n perthyn i epig pethau. Teimlwn y gallai'r morwr gwrol hwn draethu ymlaen hyd oriau'r bore. Ond teyrn ar y tafod yw'r teledu.

Eto, gwych oedd clywed teyrnged Richard Evans i'r dewrion oedd yn griw gydag ef ar y noson dymhestlog honno. Sylwi hefyd ar ei ddynoldeb gonest yn cyfaddef ofn, a deall ym merw'r dyfroedd mawr a'r tonnau ei fod wedi gweddïo sawl gwaith. Yna'i apêl rasol ar ran Sefydliad y Badau Achub, y sefydliad gwirfoddol hwn sy'n ddigon tebyg i Un arall a fu'n rhodio'r don i 'achub llawer mwy'.

Yn dilyn cyfraniad gwefreiddiol Richard Evans, ac wrth gyflwyno'i eitem nesaf, aeth Parkinson ati i sôn am y *Rolling Stones* a'u vodka a'u whisgi, ac am grŵp y *Chieftains* a'u Guinness. Ond y nos Sadwrn honno, nid oedd heli'r Moelfre'n cymysgu â'r diodydd hynny rywsut. A diffoddwyd y sèt gan ddiolch i Richard Evans am ei awr fawr. Roedd y *follow that* bondigrybwyll yn amhosibl i neb. Diolch i griw'r bad-achub, sy'n byw ar fin y traethau, ac yn barod i forio allan i ddannedd y ddrycin nesaf. Hil arbennig o ddynion.

(Mawrth 23ain)

Mantovani

Yn ddiweddar aeth cerddor hynod o'n plith, ond heb un os, bydd ei enw persain yn aros o hyd,–Mantovani. Bu farw yn Tunbridge Wells ganol mis Mawrth. Fe'i ganed 74 o flynyddoedd yn ôl yn ninas Fenis, a'i fedyddio fel Annunzio Paolo Mantovani. Bu ei dad yn brif fiolinydd i Toscanini yn La Scala, Milan, nes dod i Loegr i berfformio'n sefydlog yn Covent Garden.

Ymberffeithiodd y mab, yntau, yng nghrefft trin fiolin, a bu adeg pan oedd cerddorfa Tipica Mantovani'n darlledu'n gyson o'r hen Hotel Metropole yn Llundain. Yr oedd (ac y mae) naws hollol unigryw i fiwsig yr Eidalwr hwn. Dywedir mai Mantovani oedd y cyntaf i werthu miliwn o recordiau, a bod gwerthiant ei fiwsig erbyn y diwedd wedi mynd dros gant o filiynau.

Ymhlith ei ddatganiadau mwyaf poblogaidd fe nodir *Charmaine* a *Moulin Rouge*. Cytunaf yn llawen â hynny, dim ond imi gael ychwanegu *Zorba, the Greek*. Ar ambell hwyr dethol, byddwn yn gosod pentwr o'i recordiau ar y bwrdd-troi nes bod miwsig y fiolinau'n llifo drwy'r tŷ i gyd, ac i ddwfn ysbryd yn ogystal. Dyma ddiolch i Mantovani am felysu bywyd ar ei daith.

(Ebrill 22ain)

Macfarlane

Wythnos i ddydd Gwener diwethaf, daeth y newydd tywyll fod awyren Dan-Air Boeing 727 wedi ymfwrw'n ddryllliau i fynydd ar ynys Tenerife, gan ladd 146 o deithwyr gwyliau. Bedair blynedd yn ôl, aeth dwy awyren i'w gilydd wrth groesi llwybr y naill a'r llall cyn codi oddi ar y rhedfa. Bryd hynny, fe laddwyd 582 o deithwyr. Yn rhyfedd, Tenerife oedd mangre'r enbydrwydd hwnnw hefyd.

Y tro hwn roedd nifer o Gymry yn y ddamwain gydag un ohonyn nhw'n adnabyddus i filoedd o gleifion ysbytai, yn enwedig parthau Gwynedd a Chlwyd, sef Mr William Macfarlane, y llawfeddyg oedd yn arbenigo ar drin anhwylderau merched.

Ugeiniau o weithiau wrth ymweld ag ysbytai neu alw ar dro yng nghartrefi'r cleifion, yr un geirda a glywais drosodd a throsodd gan bob dioddefydd,– medr Mr Macfarlane, ac yn anad unpeth, mwynder ei berson. Wrth drin cam-hwyl y gwragedd, bu'r gŵr hwn yn foddion i ailennyn yn eu hysbryd a'u cyrff y cyffro adferol hwnnw–gobaith.

Enw'r mynydd yn Tenerife y cafodd ef a'r ugeiniau eraill eu briwio arno trwy'r ddamwain yw El Teide. A'i ystyr, o bopeth eironig, yw Mynydd Gobaith.

Mwy diogel?

Mae cyflafan awyren fel hyn yn arswydus am fod cynifer o bobl yn cael eu lladd gyda'i gilydd, a hynny ar drawiad. Eto, deil yr enwog Lloyds yn Llundain ei bod yn fwy diogel teithio mewn awyren nag mewn modur, yn fwy felly bum gwaith ar hugain, yn ôl cyfrif y Llwydiaid.

Dyma rai ffeithiau: yn y Taleithiau Unedig bob diwrnod y mae 2,500 o awyrennau'n ymwáu trwy'r wybren, ac yn cludo ar gyfartaledd 650,000 o deithwyr, a hynny o 400 o feysydd awyr gwahanol. Patrwm aflonydd o esgyn, hedfan a glanio ar draws ehangder o dir ac o awyr. A hynny'n digwydd yn ddiball bob un diwrnod. Ond eithriad fawr iawn, iawn yw damwain.

Eto, pan ddigwydd, y mae'n alaeth i ugeiniau o deuluoedd ac i gannoedd o gydnabod. Dyna pam y medrwn ninnau yng nghwmpasoedd Gwynedd gyd-ofidio â llaweroedd am y drylliad ar fynydd El Teide ar ynys Tenerife.

(Mai 27ain)

Mistar Mostyn

Sbel yn ôl, roeddwn yn darlithio i'r ardalwyr yn festri Capel y Beirdd, capel sydd â chofeb ynddo i Robert ap Gwilym Ddu (o'r Betws Fawr gyfagos) ac i Ddewi Wyn o Eifion (o'r Gaerwen, eto ar bwys y capel). Fy nhestun oedd 'Y Lôn Goed', a phrin y gellid cael unpeth mwy addas, a ninnau'n llythrennol o fewn llathenni at ffiniau'r lôn enwog y bu llafurio arni rhwng 1819 ac 1828.

Mae'r ffordd goediog hon yn cychwyn ymron wrth lan y môr ger Afon-wen, yn ymnyddu trwy'r corstiroedd am bedair a phum milltir. Ond yna, wedi pasio heibio i Frynmarch a'r Gaerwen, y mae'n darfod yn chwap annisgwyl mewn clwm o lwyni a dreiniach yng ngolwg Brynengan draw.

Arolygydd a phensaer y Lôn Goed hon oedd John Maughan, gŵr o Northumberland, a stiward stad Plas Hen. Y pryd hwnnw, eiddo Syr Thomas Mostyn (Mostyniaid sir y Fflint) oedd y parthau hyn yn Eifionydd. Sut bynnag am beth felly, y dydd o'r blaen daeth Dafydd Glyn ataf ar y stryd, a chynnig peth na feddyliais erioed amdano o'r blaen, cystal imi gyfaddef.

'Roeddwn i'n gwrando arnat ti'n sôn am y Lôn Goed yn festri'r Beirdd,' meddai Dafydd. 'Tithau'n disgrifio'r ffordd yn mynd trwy stad Thomas Mostyn. Ac mi ddwedaist ei bod hi'n gorffen yn bwt yng ngolwg Brynengan, on'do? Wel, roedd yna ddau reswm posib am y gorffen hwnnw, wyddost ti. Un oedd bod yr arian wedi darfod, efallai. Ond y rheswm tebyca ydi bod rhyw ardalwr yn ochrau Brynengan yn gwrthod yn lân â gwerthu'i dir i Mostyn. Ac mi aeth yn stop ar y cynllun.'

Yna, daeth fflach olau i lygaid Dafydd, ac meddai, 'Wyddost ti mai dyna ystyr yr hen ddihareb–bod mistar ar Mistar Mostyn?'

Na wyddwn yn wir, Dafydd, wyddwn i ddim! Ond y mae'n esboniad mor odidog nes bod fy llygaid innau'n fflachio mewn rhyfeddod.

(Mehefin 10fed)

Indiaid Cochion

Tybed i ba raddau y mae Columbus yn gyfrifol am hyn oll? Tystia hanes iddo lanio ar draeth y 'Byd Newydd' ar Hydref 12fed 1492. Yno, gwelodd frodorion gwalltddu, gyda chernau uchel a chroen cochaidd. Yn y fan a'r lle, rhoes Columbus yr enw 'Indios' arnyn nhw, gan dybio iddo lanio yn India, pryd mewn gwirionedd ei fod wedi hwylio i ochr arall y byd.

Sut bynnag, glynodd y camenwi hwn hyd heddiw, dim ond bod Indiaid 'America' yn dynodi'r gwahaniaeth bellach. Ond fyth er hynny, profiad egr o golli tiriogaeth fu hanes yr

Indiaid Cochion. Cofiaf y dylif o dristwch a ddaeth trosof o ddarllen llyfr Dee Brown, *Bury my Heart at Wounded Knee*, a deall mor anhrugarog oedd gorthrwm y dyn gwyn wrth gipio tiroedd yr Indiaid Cochion, a'u hysbeilio o'u popeth.

Sut y medrodd y dyn gwyn a'i Feibl wneud peth o'r fath sydd ddirgelwch rhy ryfedd. Gan arddel yr enw Cristion, fe wnaeth bethau ffiaidd tebyg i'r dyn du'n ogystal. Rywfodd neu'i gilydd, rydym wedi gwneud cam anaele â Christionogaeth, a chreu stomp gwbl wynebgaled o ysbryd gras.

'*Wounded Knee*' yw'r enw ar y man lle bu'r lladdfa greulon honno ar lwyth y Sioux, gan fedi i'r ddaear ddeugant o famau a phlant. Y flwyddyn ddreng ar y calendar yw 1890. Rwy'n adnabod gŵr sy'n fyw heddiw, ond rhyfedd yw meddwl mai baban oedd yr henwr hwn adeg enbydrwydd *Wounded Knee*. Mae'r cyfan oll mor ddiweddar â hynny.

A'r dydd o'r blaen, gwelais erthygl eto fyth am yr Indiaid Cochion, gyda dyfyniad goludog fel hwn gan gyfaill cynnes i'r Indiaid hynny, Charlie Russell: '*The history of how they fought for their country is written in blood, a stain that time cannot grind out. Their God was the sun, their church all out of doors. Their only book was nature, and they knew all the pages*'.

(Mehefin 24ain)

Gwibdaith

Ar ddannedd canol dydd Sadwrn cyntaf Gorffennaf, dyma ddringo i fws ger croesffordd Glandwyfach, ac ymuno â'i lond o aelodau Cymdeithas Lenyddol Bro Goronwy, ynys Môn. A'm braint i oedd cyfeirio'r gyrrwr er mwyn dangos darn o Gymru i'r dosbarth. Ond ple i ddechrau ar dywys? Fel y gwas hwnnw gynt gyda llond cae o gerrig ganddo i'w hel, nid oedd dim amdani ond dechrau wrth ein traed!

Felly, i ffwrdd â ni, pwyntio at hen felin enwog Llecheiddior, ac anelu tua chapel y Beirdd a gysylltir â Robert ap

Gwilym Ddu a Dewi Wyn o Eifion. Cip ar ardal Robert Jones, a sôn am yr hen furmur 'sydd rhwng dwy afon yn Rhos-lan',– afonydd Dwyfach a Dwyfor.

Ger trofa'r Betws Fawr, taro'r dôn 'Brynhyfryd', a'r fintai'n canu 'Mae'r gwaed a redodd ar y groes' nes pasio Tŷ Lôn, lle ganed J. R. Owen, sydd yn Ohio erbyn hyn. (Nodiad: bu J.R. farw yn 1984.)

Allan o'r bws ar ben ffordd Plas Hen, a chyfle i'r Monwyson fwyta pryd-ffwrdd-â-hi yn yr awyr iach. Yna, ymgynnull ar fwsog y Lôn Goed, minnau'n sefyll ar domen o gerrig i draethu rhamant John Maughan yn ei phensaernïo. Gwefr ryfedd oedd i bawb ohonom adrodd 'Eifionydd' Williams Parry yn gôr byrfyfyr, a hynny'n union o dan 'fwa'i tho plethedig'.

Hywel y Fwyall

Ymlaen wedyn am Chwilog (lle claddwyd Eifion Wyn), a chyn pen ychydig, croesi afon Dwyfor dan gerdded mymryn o gwmpas Llanystumdwy, pentref Owen Gruffydd a Lloyd George. Filltir dda ymhellach, cip ar gartre'r gwleidydd ym Mryn Awelon, yna'r castell ar y graig uwch ben y môr lle bu Hywel y Fwyall yn gwnstabl.

Pentrefelin yn atgoffa am Ellis Owen, Cefnymeysydd, a'i Gymdeithas Lenyddol. Tremadog, a'i chyswllt â William Jones a Shelley a Lawrence Arabia. Ond heb betruster, William Alexander Maddocks oedd piau hi yn y darn gwlad hwn – Maddocks a'i dref a'i borthladd, a'i bennaf gorchest, sef y Cob, y gwrthglawdd anhygoel a gododd ef i adfer wyth mil o erwau tywod o afael y môr lle bu'r Traeth Mawr gynt.

Wrth basio, nodi plas yr hen 'Fwyall' ar ochr draw i Foel y Gest. A'r Garreg Wen, cartre'r telynor Dafydd, heb anghofio Eifion Wyn, y bardd mirain a fu'n clercio i gwmni llechi ar bwys y cei yn y Port. (Nid oedd Porthmadog ei hun ond prin drigain oed pan aned Eifion Wyn.)

Glaslyn a Dwyryd

Rhoi sylw i afon Glaslyn gerllaw, a syllu ar Eryri fawr yn y pellter nes dod i olwg y tŷ y bu Bertrand Russell yn byw ynddo. Ac yna, gair am greadigaeth liwgar Clough Williams Ellis, pentref Eidalaidd Portmeirion. Ym Minffordd gyfagos, cofio am y bardd Monallt, tad y Prifardd Emrys Roberts, a fu'n byw ym Min-y-traeth. (Nodiad: Bu Monallt, grefftus ei awen, farw yn 1991.) Ymlaen am Benrhyndeudraeth a gwaith ffrwydron yr ICI (Cooke cyn hynny), gyda sylw ar reilffordd y Cambrian yn pasio trwy'r godreon, a thrên bach Stiniog ar yr ochr arall yn pwffian tua'r mynydd-dir.

Dros bont afon Dwyryd ym Maentwrog, oedi ym mynwent yr eglwys lle claddwyd Edmwnd Prys, a'r dosbarth yn seinio un o Salmau Cân y gŵr hyglod hwnnw, 'Disgwyliaf o'r mynyddoedd draw'. Golwg ar hen gei llechi Gelli Grin lle arferid dadlwytho o chwarel Blaenau Ffestiniog cyn i Maddocks agor ei borthladd newydd. Ymlaen tua Thalsarnau, cyfeirio at gartre'r adarydd, Ted Breeze Jones, cyn arafu ar bwys yr Ynys i adrodd agoriad enwog 'Gweledigaethau'r Bardd Cwsg' o waith Ellis Wynne o'r Lasynys gyfagos. Yna, tref Harlech a'i chastell a'i choleg a'i hysgol a'i maes golff. Trwy Lanfair (lle claddwyd Ellis Wynne) am Landanwg, a thraw ger y môr, wele'r Mochres, cartref un o Phylipiaid mawr Ardudwy.

Troi tua'r chwith yn Llanbedr nes cyrraedd y capel a enwogwyd gan ddarlun Curnow Vosper o Siân Owen, Tynyfawnog. I'r cysegr â ni gydag Ellen Roger Jones (chwaer y diweddar actor, Hugh Griffith) yn adrodd emyn Ellis Wynne, 'Myfi yw'r Atgyfodiad Mawr', ac yna caed canu pwerus unwaith yn rhagor ar 'Mae'r gwaed a redodd ar y groes', ond ar y dôn 'Deemster' y tro hwn. Oedfa heb ei disgwyl yn troi'n adrenalin i'r daith.

Tomen ac Atomfa

Yn ôl i'r briffordd i gyfeiriad Llanenddwyn, Llanddwywe a Thal-y-bont. Sylwi ar Egryn, lle bu'r mentrus William Owen

Pughe ar un adeg; cofio hefyd am 'olau Egryn' y cyfeiriodd Parry-Williams ato, y belen dân hynod a welai rhai yn yr ardal adeg Diwygiad 1904. Cyrraedd tre'r Bermo, lle bu W. D. Williams am dymor maith a dyfal. Egwyl yno i'r teithwyr ystwytho'u coesau cyn bwrw eto i'r siwrnai.

Edrych ar y bont sy'n croesi afon Mawddach, a chrybwyll am y pryf yn bygwth lein y Cambrian trwy dyllu i'r pileri coed sy'n cynnal y rheilffordd. Tuag eglwys Caerdeon, y Bont-ddu, gyda Phwll Penmaen a Chadair Idris draw dros yr afon-lanw lydan. Cyrraedd Llanelltud, a chael cip ar hen abaty Sistersaidd Cymer yn y pant. Lle trwm o hynafiaeth.

Wrth dynnu tua'r Ganllwyd, roedd yn rhaid sôn am y 'Brenhinbren' a dorrwyd i lawr yn 1746, ac yn mesur o'i gylch bedair troedfedd ar hugain. Ar ôl tynnu trwy'r gelltydd coediog a sôn am 'afon Prysor yn canu yn y cwm' cyfagos, toc dyma gyrraedd Trawsfynydd, sefyll wrth gerflun coffa Hedd Wyn, a'r hanes yn dal yn wewyr yn y galon.

Ailgydio yn y daith, pasio Atomfa'r Traws ar y chwith, gyda Thomen-y-mur yn grwb ar y dde, ac yn nwfn ei bridd erys llawer cyfrinach Rufeinig, bid siŵr. Ar silff y mynydd draw, gweld gwaith Llyn Stwlan, cyn inni ddisgyn at Ddyffryn Maentwrog, a'n cael ein hunain yn croesi'r Cob unwaith eto. Dringo yn y man tua Phenmorfa lle claddwyd John Owen, Clenennau. Eifion Wyn yn dod i'r sgwrs eto fyth wrth bwyntio i gyfeiriad 'Aelwyd y Gesail', a Chwm Pennant.

Bu'n wibdaith oludog, ac wrth inni ffeirio diolchiadau o'r ddeutu, goddefer imi gydnabod gofal yr ysgrifennydd, Dewi Jones. Ac yn arbennig Emlyn Parry, y gyrrwr hylaw â'n dug yn ddiogel i ben y siwrnai, heb fod dim yn ormod ganddo i'w wneud er mwyn ei deithwyr.

(Gorffennaf 22ain)

Merfyn Turner

Yr oeddwn cyn falched â dim o gael taro arno, a'i theimlo'n fraint brin cael ysgwyd llaw ag ef am y tro cyntaf erioed. Digwydd bod yn siop Dora yr oeddwn, a phan ddaeth dyn i mewn yn llewys ei grys, nid oedd amheuaeth pwy ydoedd. Gŵr cwbl ddiymhongar, yn gwisgo'n dawel, gyda goslef ac acen gartrefol ei Gymraeg yn ei 'fradychu' ar unwaith. Neb llai na Merfyn Turner, un yr wyf wedi'i edmygu'n frwd ers llawer iawn o flynyddoedd.

Yn 1961, prynais lyfr o'i waith gyda'r teitl *Safe Lodging*. Yn 1970, prynais un arall o'i eiddo, *O Ryfedd Ryw*. Dyma frawd sydd wedi ymroi ar hyd ei oes i geisio deall a helpu carcharorion a gwehilion dyrys cymdeithas, rhai na ellid ond dweud mewn sobrwydd amdanyn nhw: 'O! ryfedd ryw!' A llyfrau yw'r rhain gan Merfyn Turner sy'n dangos cyflwr truan y troseddwyr, a hefyd ddiffyg gweledigaeth fynych ar ran yr awdurdodau.

Yn ystod y sgwrs frysiog ar lawr y siop dangosodd beth mor ffôl mewn llawer achos yw gosod carchar fel cosb i droseddwyr; fe gyst hynny ynddo'i hunan £120 yr wythnos, meddai ef. (Cofiaf iddo ddweud ar y teledu o Lundain, sbel yn ôl, mor afreal oedd carcharu Angharad Tomos, na wnaeth ond rhoi plastriaid o baent ar ryw golofn neu'i gilydd.)

Norman House

Yn ei lyfrau, y mae'n crybwyll ei garchariad ei hunan yn ystod yr Ail Ryfel Byd, gan egluro nad oedd ganddo ef broblem ar ôl dod allan, am fod croeso'i gartref a'i deulu yn aros amdano. Ond fe ddysgodd bryd hynny mai un o'r problemau ysigol yn hanes cynifer o garcharorion yw eu bod yn cael eu gollwng allan ar ddiwedd eu 'tymor', a hynny 'heb gâr na chyfaill yn y byd, na chartref chwaith i fynd iddo'.

Ar ôl astudio system carcharu Sweden a Denmarc, un bore yn Stockholm, cafodd weledigaeth olau: bod yn rhaid cael tŷ a fyddai'n lloches ac yn gymorth i'r carcharor dorri'r garw rhwng gadael carchar a chamu i'r byd mawr difalio. Dyna ydyw 'Norman House'–y tŷ a droes Merfyn Turner yn gartref ac yn aelwyd i ugeiniau o droseddwyr dryslyd ac unig.

Dyna'r *Safe Lodging* a gynigiodd ef i drueiniaid daear. A nodyn annheilwng o frysiog yw hwn i fawrygu Merfyn Turner, cyfaill publicanod a phechaduriaid. Ac nid oes i mi, beth bynnag, ond gwyleiddio yn ymyl cymwynaswr o'r fath.

(Awst 26ain)

Llafar gwlad

I mi, mae clywed esbonio ar ddywediad llafar gwlad yn un o'r pleserau mawr. Cofiaf y wefr a deimlais o gael eglurhad ar 'esmwyth cwsg potes maip', ar 'cyw a fegir yn uffern, yno y myn fod', ac ar 'y tu clyta i'r clawdd'; 'clytaf', sef 'mwyaf clyd', ac nid 'caletaf', 'mwyaf caled', fel y tybiais ar un adeg.

Fodd bynnag, wrth sgwrsio â'm cyfaill Huw Jones o'r Bala, cefais esboniad ganddo ar y dweud cyffredin iawn hwnnw–'malu awyr'. Ailgofio geiriau ei hen athro iaith, Syr Ifor Williams, a wnaeth Huw, mai perthyn i gyfnod y melinydd yr oedd y dweud, 'malu awyr'.

O'r felin dôi sŵn cryf a chrensian bodlon, a sach ar ôl sach yn llenwi gan flawd; hwnnw oedd y sŵn arferol a geid pan fyddai'r felin wrth ei gwaith priod o falu ŷd. Ond os byddai'r grawn wedi'i gnoi bob un tipyn rhwng y meini, gyda'r olwynion a'r echelydd a'r strapiau'n troi'n wag, dôi rhochian a rhygnu pur enbydus o gyfeiriad y maen melin. Ar foment felly, roedd y felin yn llythrennol yn malu awyr. A dim arall!

(Medi 16eg)

Seddau'r eglwys

Yn 1933 y daeth o'r wasg gyntaf. *Cymru'r Oesau Canol* yw'r teitl, a'i awdur, Robert Richards. Erbyn heddiw, y mae'n llyfr prin iawn, ac i radlonrwydd cyfaill darllengar yr wyf i ddiolch am y gyfrol a drysoraf i. Digwydd pori yr oeddwn ar ryw drywydd neu'i gilydd ym mhennod 'Bywyd Crefyddol y Plwyf', nes dod at fater cael sedd yn yr eglwys.

Fe fu cyfnodau pan oedd dadlau llym ynglŷn â hawl aelod i gael sedd yn yr addoldy, a bu'r peth yn achos cwerylon tra difrifol mewn mannau. (Cofiaf fod yn eglwys y plwyf yn Nhalyllychau un pnawn, a sylwi ar enwau teuluoedd yr ardal wedi eu gosod yn drefnus a chelfydd ar wegil pob sedd.)

Rhoes darllen y geiriau hyn yng nghyfrol Robert Richards broc i'm cof, a'i droi i gyfeiriad arall: 'datblygiad diweddar oedd seddau yn eglwys y plwyf. Sefyll a wnâi cynulleidfa'r Oesau Canol fel rheol'.

Mynd i'r wal

Sefyll! Dychmyger eglwys blwyf a'i llawr carreg yn wag hollol o seddau (ac felly yr oedd hi ar y cychwyn), yr offeiriad yn llywio'r gwasanaeth, a'r gynulleidfa'n sefyll ar ei thraed trwy gydol yr amser. Yn sefyll o raid. Gallai hynny fod yn beth blinderus iawn, yn enwedig i'r mynychwr oedd yn heneiddio ac yn simsanu.

Daeth rhai i sylwi bod ambell addolwr ar fin diffygio'n llwyr o hir sefyll. Gydag amser, fe drefnwyd i gael mainc, a'i gosod yn dynn wrth fur yr adeilad. Felly, mewn un oedfa oerllyd, yr aed â Mari Rhydderch i sedd y wal, ac yno y byddai'n arfer eistedd o hynny ymlaen. Roedd rhai wedi dal sylw ar Siôn Edwart, yntau, yn bur sigledig ar ei ddwydroed, er na fynnai'r hen frawd gydnabod ei lesgedd wrth neb.

Wrth i'r addolwyr gyrraedd adre'n ôl o'r gwasanaeth, byddai holi digon naturiol ymysg y teulu am hwn ac arall, ymgom debyg i hon, efallai:

'Sut oedd pethau yn yr eglwys heddiw?'

'Braidd yn oer oedd hi. Lwc bod y lle'n weddol llawn, a'n bod ni'n cael gwres ein gilydd felly. O! gyda llaw! Mae'r hen Siôn Edwart wedi mynd i'r wal heddiw hefyd.'

A dyna, meddir i mi, yr ystyr lythrennol gynt am hwn neu hon 'wedi mynd i'r wal'.

Muhammad Ali

Mae'n rhyfedd meddwl ei fod yntau hefyd wedi mynd i'r wal! Er fy mod wedi cymryd yn erbyn bocsio proffesiynol fwy a mwy, eto y mae hi'n anodd peidio â chrybwyll enw'r bocsiwr hynotaf erioed, Muhammad Ali. Bellach, mae sylweddoli mai dynol yw yntau yn rhyw fymryn o gysur i eiddilod fel nyni.

Bu Ali'n ddigon dynol i fod yn ffôl o hunandybus, gan gredu y gallai baffio fel ugain oed ac yntau ar fin deugain. Ni thâl peth felly, hyd yn oed i baffiwr o'i galibr ef. Fe gafodd ei gweir, a'i haeddu, mae'n biti dweud.

Ond er gwaetha'r cwmwl trist ar derfyn gyrfa mor lachar, bydd enw'r prepgi hoffus hwn yn pelydru eto trwy'r gwyll i gyd. Mae ef yn digwydd bod yn rhywbeth mwy na phaffiwr; y mae'n gymeriad ac yn bersonoliaeth gwbl fagnetig. Fe'i ganed yn Ionawr 1942 wrth yr enw Cassius Marcellus Clay, yn pwyso 6 phwys a 7 owns. I gapel y Bedyddwyr yn Louisville yr oedd Cassius yn arfer mynd.

Yn Chwefror 1964, clywodd Clay bregethwr o grefydd y Mwslim yn esbonio mai pobl wedi colli'u gwreiddiau oedd y bobl dduon. A bod caethwasiaeth wedi bod yn achos iddyn nhw golli eu hiaith. Ar ben hynny, bu'r gaethglud yn achos hefyd iddyn nhw golli'u henwau. Enw a gaed gan y dyn gwyn oedd 'Clay', y dyn gwyn a fu cyhyd yn gorthrymu'r caethion yn America.

Yn yr oedfa honno, dyma Cassius Clay yn diarddel ei hen enw, ac yn dewis iddo'i hunan enw newydd sbon, sef Muhammad Ali. O hynny ymlaen, fe fwriodd ei goelbren gydag Allah, duw'r Mwslim. Erbyn hyn, gellir dweud fod Muhammad Ali'n cwffio nid yn unig yn y *ring*, ond o'r tu allan iddi'n ogystal, yn ymladd dros ei grefydd newydd a'i gyd-ddyn tywyll ei groen.

(Hydref 14eg)

1981

Yr Anwybod

Cymdoges dirion iawn i ni ym mro Dinmael, gynt, oedd Mrs Emily Jones Jarrett. Roedd hi'n fodryb i Charles Evans oedd newydd ddringo Everest bryd hynny. Wedi gŵyl Nadolig y flwyddyn honno, galwodd Mrs Jarrett heibio, a gadael inni gerdyn o ysgrifen addurnedig. Dyma fras gyfieithiad o'r cynnwys:

> Dywedais wrth y gŵr a safai wrth Lidiart y Flwyddyn, 'Rho imi oleuni fel y gallaf gamu'n ddiogel i'r Anwybod.' Atebodd yntau, 'Dos allan i'r tywyllwch, a rho dy law yn llaw Duw. Bydd hynny'n amgenach i ti na goleuni, ac yn fwy diogel nag un ffordd y gwyddost ti amdani.'

Cyngor da ar ddechrau blwyddyn ar inni gamu tua'r Anwybod gydag agwedd Newman: 'un cam sydd ddigon im'.

Concwest

O grybwyll Everest, daw i'r cof y goncwest o gyrraedd crib y mynydd uchel ar Fai 29ain 1953. Toc wedi hynny, daeth Charles Evans i Ddinmael gyda Sherpa o'r enw Da Tenzing yn gwmni iddo. Yr adeg honno, roeddwn yn darllen popeth a fedrwn am Tibet, a chofiaf fel yr edrychwn ymlaen at holi Tenzing am ddirgelion y wlad. Yna'r siom a gaed o ganfod nad oedd iaith gyffredin gennym i gyrraedd ein gilydd. Ef heb na Saesneg na Chymraeg, a minnau heb na Hindwstani na Nepalaeg. Pentwr o gwestiynau gan y naill, a thomen o atebion gan y llall. Dau barsel nad agorwyd mohonyn nhw hyd y dydd hwn. O! am fedru ieithoedd daear lawr!

Ond y gaeaf dilynol, cafodd Cymdeithas Capel Dinmael fraint unigryw: Charles Evans, y dringwr (a'r llawfeddyg, bryd hynny) yn rhoi darlith inni, ynghyd â darluniau ohono ef a chriw John Hunt wrthi'n concro Everest fesul troedfedd. A dyna ardal fechan yng Nghymru yn cael y fraint o glywed, mewn Cymraeg, y stori i gyd gan dyst byw a gymerodd ran yn yr antur fawr,–yr antur a drechodd fynydd ucha'r ddaear hon, a hynny am y tro cyntaf mewn hanes.
Fesul cam yr aed tua'r Anwybod hwnnw hefyd.
(Ionawr 6ed)

Iran

Ym mis Mawrth 1979 fe sgrifennais fel hyn am wlad Iran: 'Mae gorsedd aur y Shah yn wag. Os gwag hefyd. Canys pan ddaeth yr alltud, Ayatollah Khomeini, yn ôl i arwain gyrrwyd y Shah chwedlonol ei gyfoeth ar ffo, a bu lladd-feydd gresynus ar strydoedd Teheran. Onid yw gwŷr mamon a gwŷr crefydd yn medru bod yn gwbl gythreulig? A'r tristwch yw y bydd blinderau dwys am amser eto hyd strydoedd Teheran'.

Euthum ymlaen wedyn i sôn am y gantores, Anne Edwards, gan ddweud mai hi oedd y soprano gyntaf o Brydain i ganu ar lwyfan opera yn Teheran. Gorffennais y paragraff â'r frawddeg hon: 'Brysied y gân yn ôl i'r strydoedd'. Yn awr, ar ben mis arall bydd dwy flynedd wedi pasio er hynny. Wrth sgrifennu fel yna ym Mawrth 1979, ychydig a feddyliais fod llawer adfyd arall i ddigwydd yn hanes Iran.

Erbyn Hydref y flwyddyn honno, byddai chwyldro'n cipio gweithwyr Llysgenhadaeth America yn Teheran, a'u dal yn gaethion. Neu'n gywirach, yn wystlon, sef y cynllwyn milain hwnnw sy'n taro bargen gyda bywydau pobl. Ar un pen i'r glorian, roedd dros hanner cant o Americaniaid–yn Teheran. Ar ben arall y glorian, roedd y Shah–yn America. Math arbennig o herwgipio oedd hyn–cyfnewid y gwystlon am ddychweliad y Shah.

Yn y fath gyfyng-gyngor, ni fedrai'r Arlywydd Jimmie Carter aberthu na'r Shah estron nac ychwaith ei bobl ei hunan. Y canlyniad fu iddo 'rewi' holl gyfoeth Iran trwy America i gyd.

Irac

O fis i fis bu dadlau ac ymgyndynnu ar y ddwy ochr. Ar un adeg, llaciodd Khomeini ei afael ryw fymryn, gan ollwng yn rhydd yr Americaniaid duon eu crwyn yn unig. Ond gofalodd gadw o dan glo y gweddill, sef 52 o rai gwynion. Wedi llawer ymbil ofer, trefnodd Carter ruthr arfog fel yr unig ffordd o waredu'r gwystlon. Bu'r ymgais yn fethiant truenus, a cholledus mewn bywydau milwyr.

Yn y cyfamser, clafychodd y Shah, a rhoed iddo driniaeth lawfeddygol yn America. Symudwyd ef i'r Panama, ac o'r diwedd cafodd loches gan Sadat yn yr Aifft. Ond yn ystod Gorffennaf, bu farw'r Shah.

I ddwysáu'r sefyllfa, ym mis Medi ymosododd Irac ar Iran, rhyfel sy'n dal hyd heddiw i ddinistrio a thlodi'r ddwy wlad fel ei gilydd. I gymhlethu mwy ar bethau, daeth yn Etholiad Arlywyddol yn America, a phan gollodd Carter i Ronald Reagan, digwyddodd tro annisgwyl yn hynt y gwystlon.

Am y mynnai rhai y byddai Reagan yn llawer mwy chwyrn a chaled na Carter, dyfalodd Iran mai dyddiau olaf teyrnasiad Carter fyddai'r adeg fwyaf dewisol i daro bargen. Gwnaed cais ar i'r Arlywydd lacio'i afael ar eiddo syfrdanol Iran yn America, ac ar amodau tynion o'r fath y byddid, yn gyfnewid, yn gollwng y caethion yn rhydd. Gyda'r cynnig hwn, dewiswyd Llywodraeth Algeria fel cyfryngwr rhwng y ddwyblaid. O hynny ymlaen, bu hedfan prysur rhwng y gwledydd hyn, gyda gwifrau'r teliffon yn greision boeth, a banciau mawr y byd yn sobreiddio.

Trefnwyd i'r gwystlon, a fu'n gaeth am 444 o ddyddiau, ymadael o faes awyr Teheran am Algeria, ac oddi yno i Frankfurt yn yr Almaen. Wedyn, ar ôl sylw meddygol yno, eu cyrchu tuag adref i'w gwlad eu hunain. Buwyd yn chwarae cath-a-llygoden â'u bywydau hyd y funud olaf un.

(Chwefror 3ydd)

Oes yr Olew

Unwaith yr agorwyd y ffynhonnau olew, aed i gredu wedyn mai ar yr hylif hwnnw y byddai popeth yn troi am byth bythoedd. Cafodd y tracsion myglyd ei adael i gancro ar domen rwbel, gan ddewis cerbyd petrol neu lorri diesel yn ei le. Daeth diwedd ar y trên a borthid gynt â glo, a darfu am ei sŵn pwffian yn llwyr o'r ardaloedd. (Erstalwm, byddai gwladwyr ein bro ni yn medru darogan tywydd yn ôl sŵn y trên yn tynnu o Afon-wen am Chwilog, yna i fyny heibio i'r Ynys tua Bryncir.)

Canlyniad y ffasiwn dro ar fyd oedd i gartref, swyddfa, ysbyty ac ysgol daflu allan y gratiau glo a'u boileri, gan osod yn eu lle offer a fyddai'n cynhesu ag olew. Yn dilyn hynny, aeth y byd drwyddo-draw i draflyncu olew ar raddfa na bu i neb ei dirnad ar y cychwyn swil.

Ystyrier awyrennau. Tanwydd y rheini yw *kerosene*, o deulu'r paraffin cyffredin. (Erbyn heddiw, fe gyst galwyn o hwnnw bunt solet.) Yn awr, gall awyren jet gludo dros gan tunnell o *kerosene*. Digon i lenwi pwll-nofio, meddan nhw! Pan fydd awyren jet yn glanio, y mae'n agor llapedau o dan ei hedyn sy'n dal yn gryf yn erbyn y gwynt, ac o ganlyniad yn ei harafu. Os agorir y llapedau hynny bum milltir yn rhy gynnar fel all y *drag* (sef grym yr arafu) achosi i'r awyren losgi 80 galwyn yn ychwanegol.

Deffro'r Arab

Tuag 1973, dyma'r Arab yn deffro. Ac yn gweld dau beth. O sylweddoli fod sugno mor ddychrynllyd allan o'i ffynhonnau, a bod carfan dda o'r byd yn llwyr ddibynnu arno, penderfynodd godi crocbris am bob galwyn. O'r foment honno, aeth costau byw dros wyneb y ddaear yn gawdel i'r uchelion. Parodd hynny ysigo'r economi'n fydeang, ac o dan y straen, codwyd pris cludiant yn affwysol gan effeithio'n ddwys ar safon byw.

Erbyn heddiw, y mae pawb wrthi'n chwilota am bob rhyw ddyfais a ddichon gwtogi ar ddefnyddio'r olew chwedlonol. Tynnwyd y tanc oddi ar wal gefn y tŷ, ac ailosod y gratiau glo yn ei le. Tagwyd ambell dractor ar y maes gan ail-harneisio'r ceffyl.

Bellach, daeth newydd fod llongau'r môr yn ailystyried defnyddio'r olew costus hwn. Oni chawsant hwythau hefyd eu dal? Ar ôl y rhyfel, peiriannau olew fyddai piau hi mwyach at forio'r don. Ond erbyn hyn, y mae cwmni o Awstralia wedi archebu llongau o Japan a fydd yn cael eu gyrru gan lo unwaith yn rhagor. Mae'n wir y bydd swm y glo yn y llong yn fwy o ran pwysau, ond bydd yn llai o ran cost. Dywedir bod llongau heddiw sy'n llosgi can tunnell o olew ar y cefnfor. (Nid can galwyn, sylwer, ond can tunnell o'r stwff!)

'Columbia'

Yn ein hoes ni bu llawer cyflawniad ym myd rocedi: cerdded wrth linyn yn y gwagle, dau gerbyd symudol yn cael eu morteisio i'w gilydd yn y gofod, camerâu yn chwyrnellu tua'r pellter eitha' rioed, gan dynnu lluniau sêr a phlanedau llosg, heb sôn am hel cerrig ar wyneb y lleuad.

Ar Ebrill 12fed 1981, ugain mlynedd union i'r diwrnod y cyflawnodd Gagarin ei gamp, wele America'n chwythu 'gwennol' o'r enw *Columbia* i'r entrychion. Er mwyn iddi adael y ddaear hon, fe roed y 'wennol' ynghlwm wrth beiriant anferthol oedd wedi ei lwytho â nwyon tanllyd, peiriant a fyddai'n ei godi'i hunan ynghyd â'r 'wennol' 85-tunnell, gan chwistrellu'r holl grynswth i'r uchelderau. Ar ôl yr esgyn brawychus hwnnw, yr oedd yn ymddatod oddi wrth y 'wennol' gan roi cic-ffárwel iddi tua'r gofod maith.

Am y wennol *Columbia* a'r ddeuddyn oedd ynddi, buont yn chwyrlïo o gylch y ddaear am ddau ddiwrnod a dwy nos. Profiad chwilfrydig a phryderus oedd gwrando ar y cerbydawyr yn gweithio'i lwybr yn ôl, ac yn y diwedd ei weld yn gostwng a gostwng. Mae'r ffigurau a glywyd yn meddwi dychymyg y gweddill pedestraidd ohonom: uchder o 174 milltir, dros ddeugain o rocedi'n arafu'r 'wennol' o'i chyflymder o 17,000 milltir-yr-awr, gorfod taro ar yr union ogwydd wrth gwrdd ag awyr y ddaear unwaith yn rhagor. Gall y cwrddyd hwnnw achosi rhygnu sy'n creu poethder annirnadwy.

Ond bu i'r darnau gwrthwres (31,000 ohonyn nhw) a wisgwyd yn rhisgl am y 'wennol' ddal y prawf. Bellach, mae 'gwennol' y *Columbia* ei hunan yn fath o awyren, ond heb beiriannau, a'i pheilot John Young, yn gorfod perffaith-lywio'r cwrs yn gyflawn gywir, am nad oedd ailgynnig pe methai. Yn y diwedd, llwyddodd i'w glanio'n esmwyth nes bod llwch yn codi o wely sych hen lyn yn anialwch Mojave ar ddaear Califfornia.

(Ebrill 28ain)

Efail y gof

Y dydd o'r blaen digwyddais daro ar grefftwr wrth ei waith –Peter Lee, wrthi'n pedoli. Mae'r gŵr ifanc hwn yn hanfod o hen deulu enwog ym myd ceffylau ar ynys Môn, llinach Edward Jones, Plas Main, Rhos-y-bol.

Yn ein mebyd yr oeddem yn gyfarwydd â gefeiliau'r gofaint yma a thraw ar hyd a lled y wlad. Peth arferol oedd gwylio'r fflamau cwta'n ennyn ar y pentan, a sŵn y fegin wrth ddod i lawr yn chwythu'n gryf o dan y marwor, a'i sŵn wedyn wrth fynd i fyny fel grwndi nerthol pan dynnai'r boliaid nesaf o wynt.

Ond yn ddiarwybod a distaw fe ddiflannodd y ceffylau o'r fferm ac o'r ffordd, a daeth y tractor a'r lorri i gymryd eu lle. Y canlyniad fu cau gefail y gof mewn ugeiniau lawer o ardaloedd. Eto, yr un mor ddiarwybod a distaw, y mae'r ceffylau wedi dechrau dod yn ôl gyda marchogaeth yn troi'n fwyfwy poblogaidd.

'Torri'r clensh'

Yn awr, gan nad oes brin un efail gof ar gael ar gyfer yr anifeiliaid hyn, sut y gellir eu pedoli? Mae Peter Lee wedi canfod yr ateb. Oni ellir dod â'r ceffyl at yr efail, beth am fynd â'r efail at y ceffyl? Gan hynny, ynghlwm wrth ei gerbyd, mae gan Peter draelor-dwy-olwyn, ac yn hwnnw y mae'r holl offer angenrheidiol at bedoli–engan ('eingion' i bobl y de), pentan, tanciaid o nwy i godi gwres, pedolau a hoelion a heyrn.

Difyr ac atgofus oedd ei wylio gyda'r cob gwinau, yn codi troed blaen y ceffyl, ac yn torri'r clensh, chwedl yntau, sef torri blaenau'r hen hoelion oedd o gylch y carn. Yna llacio deupen y bedol trwy gydio gafael odani, a chyda nerth pwyllog a phrofedig tynnu'r bedol a'i hoelion yn rhydd o'r gafael. Crafu'r carn yn lân o bridd a bawiach, ffeilio'r gwaelod yn wyn a gwastad lân, ac yna cyrchu pedol boeth o'r pentan a'i gosod ar y carn nes bod yr haearn yn ffrio'i argraff ar yr ewin.

Symffoni'r engan

O'r serio hwn, cododd cymylau o fwg glas, a hwnnw'n drwm o hen, hen arogleuon gefeiliau'r dyddiau gynt. Wedi cymhennu'r bedol eilwaith ar yr engan, gyda thincian y morthwyl fel symffoni'n taro metel oer a phoeth bob yn ail, o'r diwedd cafodd y crefftwr balch ei fodloni ynddo'i hunan, a dyna'r ystumio a'r cwteuo a'r gwastatáu drosodd.

Ac yna, wele foment hoelio'r bedol i'w lle, gwaith cwbl arbenigol. Fe ddysgais na thâl hi ddim i'r hoelion fynd i'r hen dyllau, am na fyddai'r bedol yn dal yn ei lle. Golyga hynny fod y gof yn gorfod amrywio'n sgilgar union fan y tyllau wrth baratoi'r bedol newydd. Gofalu hefyd fod y befel, neu'r osgo, sydd yn y tyllau yn berffaith gywir, am mai slant y twll a grea'r gof fydd yn pennu union lwybr yr hoelion tua'r carn, ac allan drwyddo wedyn cyn clensio.

Petai'r hoelen yn digwydd claddu i mewn i'r troed yn lle dod allan trwy'r carn, gallai hynny beri dolur dwys i'r anifail, a'i analluogi i gerdded am wythnosau. Ac efallai ei ddifetha am oes.

(Mehefin 23ain)

Bwa'r arch

O eithaf Môn hyd ganol Ceredigion, y gair amdani yw 'enfys'. Mewn parthau o Glwyd, ceir 'pont-y-glaw'. Ar draws sir Benfro cyn belled â Morgannwg, y gair amdani yw 'bwa'r arch'. (Daw'r dweud hwn o Lyfr Genesis, pennod 9, adnod 13: 'Fy mwa a roddais yn y cwmwl . . .') Mewn un rhan o'r de, fe glywir 'bwa'r Drindod', ac ar ffiniau Gwy a Hafren, y gair 'wenwisg'.

Un min hwyr o Fedi, roeddwn yn anelu tua phentre'r Ffôr yng Ngwynedd. Ar un ochr, suddai'r haul yn araf dros grib yr Eifl i lawr am Nantgwrtheyrn ac i'r môr. Nid machlud cochliw oedd hwn, ond un aruthrol iawn o lachar. Yn wir, roedd goleuni'r gorllewin mor nerthol nes dallu llygaid yn llwyr. I'r cyfeiriad croes, fodd bynnag, cefais gip dros f'ysgwydd chwith ar gryman solet o enfys.

Wedi troi'n sgwâr yn y Ffôr, roedd yr enfys honno'n union o'm blaen, yn bont berffaith â'i seithliw'n angerddol gadarn. Yn rhywle y tu ôl iddi, fe wyddwn fod mynyddoedd uchel Eryri a Meirionnydd, ond nid oedd arlliw ohonyn nhw am fod y cyfan o dan len drwchus enfawr o ddüwch plwm. Ac ar y llen honno y codwyd y bont amryliw hon.

Bellach, gyda thanbeidrwydd y machlud y tu cefn imi, o'm blaen roedd y milltiroedd sythion hynny sydd rhwng y Ffôr a Llanystumdwy yn fy nhynnu'n unionsyth o dan y bwa. Roedd pegynau'r bont i'w gweld, y naill yng nghoed Llanarmon a'r llall yn meysydd Penarth. Ac am un waith yn fy mywyd, fe dybiais y cawn y profiad o yrru'n syth trwodd o dan ganol union yr enfys-dylwyth-teg hon. Ond po fwyaf y sbardunwn i tuag ati, cyflymaf yn y byd y symudai hithau oddi wrthyf.

Erbyn imi gyrraedd trum Glanllynnau roedd un piler i bont yr enfys ar Blas Gwynfryn, a'r llall ar gastell Criciaeth. Gan fy mod yn y man i droi'n siarp tua'r chwith wrth groeslon Tyddyn Sianel, tybed a fyddwn wedyn, ynteu, yn cael croesi o dan bont y glaw rywle rhwng Penrallt a Chae Coch? Dim byd o'r fath!

Erbyn cyrraedd y tŷ yn Rhos-lan, roedd yr enfys hon mor gadarn ag erioed, un pen iddi bellach yn ardal Pantglas, a'r llall yng Nghwm Pennant. Rhwng popeth bu'n tywynnu felly am hanner awr solet, o'r foment imi ei chanfod gyntaf gerllaw Trefor nes iddi doddi allan o fod yn ei hamser da ei hunan, hyhi a'i phartneres, oedd â'i lliwiau'n hollol o chwith, gyda llaw.

Er imi weld llawer enfys erioed, weithiau'n gyfan, weithiau'n ddernyn (ac un waith gweld enfys wen yn y nos) eto hon oedd yr un berffaith, a'r un gofiadwy. Hon heb ddadl oedd yr un a barhaodd hwyaf. Mor hir nes imi chwitho'n rhyfedd ar ei hôl.

(Hydref 20fed)

Peleg

Roedd y Sul yn haf 1976 yn dynesu, a byddai'n rhaid i raglen 'Y Ddolen' roi sylw i'r trychineb. Yn wir, ychydig o Suliau ynghynt yr oeddwn wedi pregethu o'r pulpud enwog hwnnw. Ond bellach, roedd capel Moriah, Caernarfon, wedi llosgi'n llwch i'r palmant.

Gyda meicroffon yn fy llaw, dyma faglu'n simsan dros y rwbel gan aros yn yr union fan y safai pulpud y capel. Ceisiais ddisgrifio'r meini oedd wedi cracio, heyrn wedi toddi a thulathau wedi crasu, gydag arogleuon mwg yn dal i godi o'r adfeilion. Rhywle yn y domen hon, yn gymysg â'r garnedd, yr oedd lludw organ odidog y cysegr.

Symud oddi yno'n bensyn, a churo wrth ddrws Craig Ola, cartre Peleg Williams a fu'n organydd ym Moriah am flynyddoedd lawer. Er bod ei groeso ef a Mrs Williams mor dirion ag erioed, y tro hwn tŷ galar oedd Craig Ola. Galar crefftwr a gollodd ei offer. Loes arlunydd y drylliwyd ei gynfas. Bysedd heb ddim nodau. Cerddor heb ddim cordiau. Y bore hwnnw gwelais ŵr oedd wedi cael ergyd ysigol.

Yng nghapel hardd Moriah roedd triniaeth Peleg o'r organ reiol yn beth i'w gwylio yn ogystal â'i gwrando,- sesiwn o ymroddiad ac ymollwng athrylith wrth ei grefft. Weithiau, byddai'r miwsig ganddo'n genlli tyrfus, bryd arall disgynnai'r nodau dros y cynulliad fel manwlith. Ar egwyl y casgliad gellid ei glywed yn picio'n ddireidus trwy *Humoreske* Dvořak, neu'n llifo'n araf trwy *Largo* Handel.

Erbyn heddiw, daeth tristwch dyfnach fyth dros dre Caernarfon. Am fod Peleg Williams, yntau, wedi mynd.
(Tachwedd 24ain)

Dawn y duwiau

Ar fferm Blaen-cwm yn ardal deg Glanrafon y cwrddais i gyntaf â John a Sali Edwards. Wedi hynny, cefais ddeng mlynedd o'u cwmni gwaraidd. Yn gynharach yng nghwrs eu priodas, deallaf iddyn nhw golli geneth fach yn ddim ond naw oed.

Gyda'r blynyddoedd, bu farw Mrs Edwards, hithau, a'i phriod bellach yn cael nawdd gan ferch arall iddyn nhw. Ond o bob llethdod, bu hithau farw yn ganol oed, gan adael ei thad, John Edwards, i ddygymod â'r ergydion nes iddo ildio'r maes o'r diwedd yn 92 mlwydd oed. O wybod yn dda am yr aelwyd honno, aeth Gerallt Lloyd Owen ati i nyddu'r englyn anhygoel hwn:

Teulu
(John a Sarah Edwads a'u dwy ferch)

> Er eu syfrdan wahanu'n yr angau,
> Yr angau gan hynny
> A'u galwodd i'r un gwely
> A galw'r tad i gloi'r tŷ.

Perffaith. Mae'n siŵr gen i mai rhoddion unigryw y duwiau i'w hetholedig rai yw perlau fel hyn. Dyma wyrth debyg gan Tegidon am hanes tad, ar ôl colli'i fachgen, yn cael ei lwyr lethu gan y ddrycin:

Beddargraff Tad a Mab

Yr eiddilaidd ir ddeilen–a syrthiai
    Yn swrth i'r ddaearen;
Yna y gwynt, hyrddwynt hen,
    Ergydiai ar y goeden.

O! grefftus wŷr awen! Y mae dawn gynganeddu fel hyn (a barddoni'r un pryd) yn creu synnu fyth ar synnu ynof fi.

(Rhagfyr 29ain)

1982

Eira mawr

Bellach dyma Ionawr 1982 am fynnu bod yn gyfysgwydd â Ionawr milain 1947. Roedd hi'n anodd coelio'r radio'n ein hysbysu fod pob ffordd dros Gymru gyfan yn annhramwyadwy. Ar hyd a lled y wlad methodd cannoedd â chyrraedd adref o'u siwrneiau, a bu neuaddau ac aelwydydd yn gysgod parod i'r anffodusion hynny.

    Golygfa ddigalon oedd gweld cerbydau'n blith draphlith yn y lluwchfeydd. Trist, o ddydd i ddydd, oedd deall am argyfwng yr amaethwyr gyda'u hanifeiliaid, a ffermydd, o ddiffyg trydan, yn methu cael trefn ar odro'r da. Lle llwyddwyd i odro, fe gododd problem arall: am fod tanceri'r hufenfa'n methu'n deg â dod ar gyfyl yr amaethdai, bu'n rhaid tywallt miloedd o alwyni o laeth i'r ceuffosydd. Garw hefyd oedd ffawd y defaid, gyda channoedd ynghlâdd o dan y lluwch, a'r bugeiliaid heb obaith cyrraedd atyn nhw. Gyda'r diadelloedd mewn gwendid, daeth y cigfrain i dynnu llygaid y diniweitiaid hynny. Ar yr un gwynt, clywyd sôn am adar duon eraill, lladron nos, o weld moduron a loriau wedi'u gadael yn yr eira yn blingo'r cerbydau o'u marsiandïaeth. 'Lle byddo'r gelain, yno'r ymgasgl yr eryrod'.

Diffyg

Y nos Sadwrn wedi'r storm, a'r rhew fel farnais dros yr eira, bûm wrth ffenestr fy nghell yn gwylio diffyg ar y lleuad. Yn araf bach, aeth y cosyn crwn, claer, o'r golwg yn llwyr, nes i gysgod y ddaear ddechrau cilio'n boenus o bwyllog oddi ar ei wyneb. Bûm yn rhythu'n hir, hir ar y lleuad trwy wydr oer y ffenestr, yn pefrio yn f'unfan yn y fan honno nes i'm corff gyffio, ac i'm llygaid ddyfrio'n byllau. (Ar ôl hynny, cofiaf deimlo ias o euogrwydd am imi dreulio'r ffasiwn amser i ddim oll ond craffu ar ddiffyg sy'n beth mor anfynych ar wyneb y lloer, a hithau gan amlaf yn loyw lachar.)

Drwy'r drugaredd, mae'r un peth yn wir am bobl. Os soniwyd yn y storm am rai'n lladrata, fe soniwyd llawer mwy am y rhai a fu'n cymwynasu. Yn ystod y tywydd mawr dros Gymru wen, fe welwyd cnwd o garedigrwydd na bu ei debyg.

Roedd cynorthwy yn cyrraedd yr helbulus o bob cyfeiriad, weithiau o'r môr, ac weithiau o'r awyr. Dyna'r dydd hwnnw y methodd moddion â chyrraedd Gwersyll yr Urdd. Nid oedd un gobaith medru cyrchu yno dros y tir oherwydd trwch yr eira. Ond fe ddaeth ymwared o le arall: bad-achub yn gwibio trwy fae Ceredigion, ac yn glanio'n deidi gyda'r moddion ar draeth Llangrannog!

Y nos Sadwrn honno, a'r caeau'n ddistaw o dan eira, yn sydyn clywyd y dadwrdd mwyaf cynddeiriog uwchben y tŷ. Rhuthro allan, ac o fewn dim i grib y to yr oedd hofrennydd gyda lampau brawychus o lachar yn bwrw pelydrau'n gylchoedd o'n cwmpas. Ac yna, led cae oddi wrthym, dyma'r cruglwyth swnllyd yn glanio nes bod yr eira'n chwyrlïo'n lluwch gan chwip y llafnau.

Cyn pen pum munud, roedd yn esgyn eto i'r nos 'gyda meddyginiaeth yn ei esgyll'. Hynny, am mai nyrs oedd gwraig y ffermdy cyfagos, a bod galw am ei chymorth ar unwaith i ddelio â chlaf yng ngwaelodion Meirionnydd. Wedi blinfyd y dyddiau a'r nosau hynny, fe ddysgais o leiaf ddau beth,–nad yw'r eira yn glynu ar don y môr. Ac nad yw'r cysgod chwaith yn aros yn hir ar y lleuad, mwy nag ar diriondeb pobl.

(Ionawr 26ain)

Cluro

Wrth bori'n fynych ym meysydd Pantycelyn, a darlithio ar ei weithiau yn eithaf cyson, y mae dyn o raid (os yn ddiarwybod) yn cluro ynddo. Y canlyniad yw defnyddio ambell air ac ymadrodd ganddo, a gwneud hynny hefyd yn ddiarwybod. A pham lai, o ran hynny!

Gyda llaw, i Tegla y mae fy niolch am y gair 'cluro'. Yn ei lyfr *Yr Hen Gwpan Cymun*, mae'n dweud fod 'cluro' yn air pob dydd o Ddyffryn Iâl i Ddyffryn Tanad. Math o rwbio heb fwriadu yw 'cluro'. Fel cyffwrdd wal wedi'i gwyngalchu, a pheth o'r calch yn glynu ar y dillad. Dyna gluro yn y wal, fel petai.

Sonia Tegla fod 'cluro' yn medru digwydd hefyd ym myd salwch, fel plentyn yn codi'r frech goch am iddo 'gluro' ymysg plant oedd yn dioddef o'r clefyd eisoes. Gall 'cluro' ddigwydd ym myd personoliaeth yn ogystal, fel yr eglurodd un cyfaill wrth yr awdur: 'Fe'm prentisiwyd efo Robert Parry, a 'dallet ti ddim cluro ynddo fo am beder blynedd heb i beth o'r lliw lynu wrthyt'.

Mae Tegla Davies yn cloi'r bennod honno fel hyn: 'Gweithred anymwybodol yw "cluro", ond yn ddi-feth yn gadael ei hôl. Diolch i Bowys am y gair'.

Fe garwn innau ychwanegu fod cluro mewn llyfrau gwahanol awduron, a gwahanol dafodieithoedd (heb sôn am wahanol arddulliau) yn ddi-feth yn gadael eu hôl ar bawb ohonom.

(Mawrth 30ain)

Wesleaeth

Hyfryd oedd clywed Ifor Bowen Griffith yn tystio fod John Wesley yn credu mewn ysbrydion ac yn anfarwoldeb cŵn a chathod. Os caf dynnu fy nghyfaill Pernant i'r miri, onid oedd yntau yn ei golofn yn yr *Herald* dro yn ôl yn lled ddifrïol o'r rhai sy'n dysgu plant fod mewn cŵn fwy na chig a gwaed? Mae'n fwriad gennyf fod yn Llanrwst ddechrau Awst, a bydd yn rhaid crafu'r asgwrn hwn gyda Phernant!

Fy hunan, rwy'n gwirioni'n lân ar gŵn, yn eu cyfarch bob amser, ac yn rhoi cryn sylw iddyn nhw ym mhobman. Y ci gwaela'i gyflwr a welais yn fy mywyd oedd hwnnw ar ochr mynydd Vesuvius, o bob man. Gorweddian y tu allan i'r orsaf yr oedd, ar bwys y rhaffau dur hynny sy'n cludo'r ymwelwyr mewn cadair i'r copa at geudwll myglyd y llosgfynydd. Roedd y ci yn hen, yn wael, yn denau, a'i flew yn llychlyd. Pan euthum ato am sgwrs a chynnig tamaid o siocled iddo, ni allai chwaethu'r mymryn hwnnw hyd yn oed, dim ond codi llygaid lleddf arnaf cyn suddo'i ben i'w balfau.

Sbel yn ôl, fe dystiodd un gŵr siŵr-o'i-bethau na fydd cŵn yn y nefoedd. Os gwir hynny, yna rwy'n llawn ystyried tynnu f'ymgeisiaeth yn ôl. Yn wir, mae peth fel hyn yn ddigon i droi dyn yn Wesla rhonc.

Meillion

O grybwyll Wesleaeth, daw'r Parchedig Gwilym Tilsley i'm meddwl. Rhai blynyddoedd yn ôl, yr oeddwn yn cydbregethu â Tilsley yn ochrau Rhuthun. Cyrraedd at oedfa'r bore mewn da bryd, ac wrth sgwrsio yn yr haul cynnar o flaen y capel, dyma sylwi fod ym môn y clawdd gerllaw dwf helaeth o feillion, a'r rheiny'n rhai bras anarferol.

'Welaist ti feillion-pedair-deilen erioed?' gofynnodd Tilsley. 'Naddo, yn fy mywyd,' atebais, 'er imi chwilio am rai sawl gwaith.'

Wrth ymgomio felly roeddem wedi mynd i ruglo blaen esgid hwnt ac yma trwy'r meillion. Yn sydyn, dyma dorri ar draws y sgwrs: 'Gwilym!' meddwn. 'Edrych ar hon!' Ac yno, creded a gredo, yr oedd meillionen-bedair-deilen yn berffeithrwydd i gyd–y gyntaf i mi yn bersonol ei chodi erioed.

Mae'r ddeilen honno gen i byth rhwng dau gerdyn mewn drôr. Ac felly, rhwng anfarwoldeb cŵn, meillion-pedair-deilen a Gwilym Tilsley, mae'n siŵr fod llawer iawn i'w ddweud dros ymhél mwy â'r Wesleaid!

(Mai 25ain)

Sŵn

Un peth sydd wedi dod yn rhan ddiarwybod o'n bywyd yw sŵn. Mae'n syndod mor anodd bellach yw canfod tawelwch pur, tawelwch heb unpeth oll i darfu ar ei hedd.

Rhai blynyddoedd yn ôl, roeddem yn ffilmio hanes y Lôn Goed yn Eifionydd, y lôn sy'n gadael y ffordd fawr ger Afon-wen, ac ymnyddu'n ddistaw trwy dangnefedd cefn gwlad nes darfod yn swta swrth bum milltir i ffwrdd wrth odre Mynydd Cennin. Fel y canodd Williams Parry amdani:

> A llonydd gorffenedig
>   Yw llonydd y Lôn Goed,
> O fwa'i tho plethedig
>   I'w glaslawr dan fy nhroed.

Y pnawn hwnnw ar y gwaith ffilmio, yr oeddid i adrodd y delyneg 'Eifionydd' yng nghefndir y tawelwch deiliog a'r 'llonydd gorffenedig'. Roedd y meicroffon yn barod a'r camera'n troi ... ond bellter i ffwrdd yn y cefndir, gellid clywed grwndi tractor diwyd. Symud plwc o'r llecyn hwnnw i gilfach fwy tawel o'r Lôn Goed.

Popeth yn barod unwaith yn rhagor, ond ar ganol yr adrodd dyma awyren-jet yn sgrechian trwy'r wybren, a bu honno'n grwnian yn awyr y fro am gryn chwarter awr. Gorfod symud eto fyth, y tro hwn i gyfeiriad Engedi, capel y Lôn Goed, a cherllaw hwnnw rhoi cynnig arall ar godi'r 'llonydd' enwog. Ond yn ddirybudd, dyma'r sŵn rhyfeddaf yn cario gyda'r awel o rywle–miwsig a llais estron ar bnawn o haf yn llifo hyd atom trwy'r tes.

Er inni gael pob math ar ddyfalu, ni fedrai neb ddirnad beth oedd yr atsain dieithr hwn. Yna'n sydyn, dyma gael hyd i'r esboniad: llais cyhoeddwr Butlin, dair milltir i ffwrdd, trwy gorn-siarad pwerus yn cyfarwyddo'i wersyllwyr haf am drefn gweddill y dydd. Hwnnw oedd y pnawn y bu'n rhaid i ninnau sylweddoli bod 'ymryson chwerw'r newyddfyd blin' wedi cyrraedd at gyrion y 'llonydd gorffenedig'. Ac mai anodd, onid amhosibl, fydd dod o hyd i dawelwch pur yn unman bellach.

(Mehefin 22ain)

Ci Hafod Lwyfog

Un digymar am adrodd stori oedd J. O. Williams, Bethesda, fel y gellir yn hawdd gredu o gofio Siôn Blewyn Coch. Stori ddramatig oedd honno amdano yn ardal Cwm Dyli ar bnawn Sul yn y cyfnod pan oedd ymwelwyr a'u moduron yn bethau llwyr brin yng nghefn gwlad.

'Roedd hi'n bnawn Sul poeth dychrynllyd,' meddai J.O. 'Pob man yn dawal a llonydd yn yr haul mawr. Finna ar fy ffordd i ffarm Hafod Lwyfog. Neb i'w weld yn unlla . . . dim anifail ar gyfyl y lle–pob creadur wedi mynd am gysgod. Doedd gen inna ddim sŵn cerddad, gwadna rybar oedd gen i . . .

'Cyn bo hir, dyma gyrraedd y buarth. Hwnnw'n sych grimp ac yn wyn yng ngola'r haul, a doedd yna ddim enaid byw yn un man. Ond yn sydyn, dyma gi yn dŵad o gysgod y beudai o lech i lwyn . . . dŵad yn ara deg bach i 'nghyfarfod i.

Mi'i clywn o'n chwyrnu'n isal, ac mi stopiais yn fy ngham. Ond dal i ddŵad yn nes ac yn nes yr oedd y ci. Hen gi crafaglog, a'i wallt o'n hongian dros 'i llgada fo, ac yn chwyrnu fel tasa fo'n garglo.

'Dyma fi'n dal fy llaw allan i roi mwytha iddo fo. Grrr! medda'r ci. Wedyn dyma fi'n trio gneud sŵn ffeind. Be' sy'n bod arnat ti, 'ngwas i? meddwn i. Tyd yma'n gi da! Grrr! medda'r ysgraff wedyn, ac yn dal i ddŵad amdana i, ac yn noethi'i ddannadd fel tasa fo am fy llarpio i'n fyw.

'Wel, pan oedd-o o fewn llathan i 'nghyrraedd i, dyma fi'n cythru efo 'nwy law i ganol y blew oedd rownd ei ben o. Mi'i codis-i o i fyny, a dal fy ngafal fel gelan, a'i ysgwyd o bob siâp yn yr awyr, ac fel roedd o'n cyrradd y llawr dyma roi blaen troed iddo fo dan ei grwpar o nes ei fod o'n mynd fel shél!'

I fwynhau'r stori yna'n llawn, byddai'n rhaid bod wedi gweld a chlywed J.O. ar yr aelwyd, clywed sŵn y chwyrniadau hynny, ei wylio'n arddangos noethni'i ddannedd, ac ar y terfyn, ei berfformiad acrobatig wrth roi cic i'r creadur. Heb anghofio'r gymhariaeth fywiol am y ci yn 'mynd fel shél!'

(Medi 21ain)

Mary Rose

Rhyw gyffro bach difyr oedd dod ar draws llarp o gopr yng ngweddillion y llong *Stewart* a suddodd yn 1901 wrth greigiau Porth Golmon ar lannau Llŷn. Wedi dod adre, rhoi'r darn copr ar y fainc a thorri'r metel i siâp pysgodyn. Wedyn, sicrhau hwnnw'n addas mewn rhigol ar ben coes o gromiwm (a fu'n lifar ar un adeg mewn Ford Anglia, petai fater am hynny), a'i osod i rugl-droi ar ben tŵr bychan gerllaw'r tŷ. A dyna weddill o'r hen long *Stewart* wedi cyrraedd Rhos-lan i weithio fel ceiliog gwynt, neu'n gywirach, fel pysgodyn gwynt.

Eto, beth yw hynny o'i gymharu â chodi'r *Mary Rose* o ddyfnder y môr? Mae'r hanes hwnnw'n mynd â ni yn ôl i Orffennaf 19eg 1545, pan oedd Ffrainc a Lloegr mewn un arall o'u rhyfeloedd, gyda deugant o longau'r gelyn y tu allan i Ynys Wyth, a fflyd Lloegr ger Portsmouth yn dyheu am i'r awel lenwi'r hwyliau. Yn sydyn, dyma'r gwynt a'r llanw'n troi ar yr un adeg, a llongau Harri'n symud i gyfeiriad llynges Ffrainc, gyda miloedd, meddir, yn gwylio ar y glannau cyfagos.

Yn y fflyd honno roedd un llong arbennig iawn, llong y bu'r Brenin Harri yn gwarchod ei hadeiladu yn 1509 pan oedd ef yn ddeunaw oed. Fe'i galwodd hi wrth enw'i chwaer, Mary Tudor, a chyplu hynny ag arwyddlun y teulu, sef y rhosyn. Ac felly y bedyddiwyd *Mary Rose*.

Roedd ar y llong honno 91 o ynnau mawr, a'r diwrnod hwnnw ar bwys Portsmouth fel yr hwyliai *Mary Rose* i'r gwynt, cafodd ei llywio braidd yn rhy chwyrn, a'i gyrru i gaeth-gyfle difrifol. Y tebygrwydd, meddir, oedd i'r gynnau trymion lithro o'u lle a drysu cydbwysedd y llong. Am nad oedd ond ychydig dros droedfedd rhwng y tonnau a ffenestritanio'r gynnau, wrth i'r llong or-ogwyddo ar un ochr, dylifodd y môr yn dunelli trwy bob agoriad nes llenwi crombil y *Mary Rose*, ei throi fel cwpan mewn dŵr a'i suddo'n blwmp i waelod y bae. Ynddi, ysywaeth, yr oedd saith gant o ddynion, heb un gobaith dod ohoni.

Aethpwyd ati rhag blaen gan dybio y gellid ei chodi o'r dyfnder, a'i hwylio cyn pen dim. Ond yr oedd offer y cyfnod hwnnw'n druenus o annigonol ar gyfer y ffasiwn dasg. Gydag amser, fe anghofiwyd amdani, ac aeth y canrifoedd heibio hyd 1840 pan roed cynnig arall i'w chodi. Ond ofer fu'r cais hwnnw hefyd. Cafodd lonydd am ganrif helaeth wedyn, nes i Alexander McKee aflonyddu'r dyfroedd, ac erbyn 1965 roedd y brwdfrydedd ynghylch y *Mary Rose* wedi ei ailennyn. Bu trafod ar gynlluniau, chwilio am arian (cost o bedair miliwn, meddir) a dechreuwyd plymio tua'r dyfnderoedd tywyll. Caed y craeniau diweddaraf ynghyd â phob technoleg fodern, yn cynnwys cydau awyr, fflamau tanddwr, a goruchwyliaeth byddin o arbenigwyr.

Am naw o'r gloch fore Llun, Hydref 11eg eleni, dyma gael cip cofiadwy a hanesyddol ar y llong goed honno'n graddol ddod i'r wyneb, a hynny am y tro cyntaf ers 437 o flynyddoedd. Serch hynny, pur gyndyn oedd y *Mary Rose* i adael ei gwely yng ngwaelod yr harbwr, fel y sylwodd un gŵr praff ar y teledu, 'Peth hollol o chwith oedd ei gweld yn dod o'i bedd i'w chrud'.

Roedd y straen o godi'r fath bwysau celain yn dwysáu o'r naill eiliad i'r llall, nes o'r diwedd i'r taclau modern ddechrau plygu a bygwth torri. Ond erbyn tri o'r gloch y pnawn, fe lwyddwyd i osod yr hen long gan bwyll i orffwys ar lwyfan llydan oedd i'w chyrchu i'r lan gyfagos.

A fu erioed fordaith mor fer? A fu erioed fordaith mor faith? Wedi'r cyfan, cymerwyd dros bedair canrif i'w nofio'n ôl i'r hafan.

(Hydref 26ain)

Iorwerth Peate

Y noson o'r blaen, yn y rhaglen *Horizon*, soniwyd bod gofer llosgi glo ac olew yn prysur ddifa'r gwledydd. A'r esboniad yw bod ffatrïoedd enfawr ar draws Ewrop yn tywallt i'r wybrennau filoedd lawer o dunelli o nwy carbon diocsid ac asid brwmstan a nitrig. Fry yn yr uchelion, mae'r gwenwyn hwnnw'n ymgymysgu â'r cymylau, a phan ddaw cawodydd i lawr ar ddaear Ewrop, y mae'n bwrw asid yn llythrennol.

Bellach, mae'r glaw llofruddiog hwn yn difwyno afonydd, yn mygu pysgod, yn difa fforestydd ac yn effeithio ar bob math o dyfiannau. Mae'r broblem yn wirioneddol ddwys yn Norwy a Sweden, lle mae pryder am ddŵr pur i fabanod. Byddai'r gost o buro'r gwenwyn yn ei darddiad o ffwrneisiau diwydiant yn arswydus, a mynnai'r rhaglen *Horizon*, o dan y teitl *A Killing Rain*, fod Prydain yn anad un wlad yn gyndyn iawn i ymgymryd â'r gost honno. Y sefyllfa erbyn hyn yw fod parthau o'r ddaear lle mae Natur Fawr yn gweiddi. 'Digon!'. A'n gwaredo pan fydd Natur yn gweiddi 'Gormod!'

Yn ystod mis Hydref fe gollodd Cymru un o'i chewri, sef y Dr Iorwerth Cyfeiliog Peate. Mor bell yn ôl â'r pedwardegau roedd Dr Peate yn cyhoeddi barn ddifloesgni ar y llygreddau oedd ar gerdded. Dyma baragraff cyntaf ei anerchiad i fyfyrwyr Coleg Presbyteraidd Caerfyrddin, ym Mawrth 1945:

> Ni buaswn yn cyfeiliorni pe dywedwn fod y byd heddiw yn wallgof. Ond efallai y byddaf yn nes at y gwirionedd wrth ddweud bod y ddynoliaeth heddiw wedi colli ei ffordd ac yn ymbalfalu mewn tywyllwch sydd mewn perygl o'i dwyn i'w distryw. Pam? Dywed rhai pobl mai ar y peiriant y mae'r bai a'n bod yn byw mewn oes pan aeth y peiriant yn drech na dyn. Y mae hyn, wrth gwrs, yn wir. Gorchfygwyd dyn gan ei ddyfais ei hun. Datblygodd alluoedd ym myd natur na all ar hyn o bryd, nac yn feddyliol nac yn foesol, eu rheoli. Ond wedi'r cyfan nid dyna'r rheswm tros gyflwr y ddynoliaeth heddiw. Symptom o'i chlefyd yw hyn oll yn hytrach na'r rheswm amdano.

Am weddill yr anerchiad rhybuddiol hwnnw, fe'i ceir yn ei lyfr *Ym Mhob Pen*, a gyhoeddwyd gan Wasg Aberystwyth yn 1948.

(Tachwedd 9fed)

1983

Carwyn

Bu Ionawr eleni'n llawer mwy trugarog na'r llynedd. I'r tywydd meddal a llaith y mae'r diolch am i'r eirlysiau flodeuo ger y drws yn ystod wythnos gyntaf un y flwyddyn newydd hon. Cynnar anarferol, ond yn hwb i'r galon.

Eto i gyd, ni ddaeth Ionawr atom eleni heb roi yn ogystal frath i'r galon. Felly y teimlais o glywed am farw sydyn cyfaill o Gymro yn ei westy yn Amsterdam. Ar ddalen flaen un llyfr gennyf, gwelaf a ganlyn: 'Dymuniadau gorau, Carwyn James, Y Llwyn Iorwg, Caerfyrddin, Chwefror 74'.

Cofiaf fod i lawr yno y tro hwnnw yn trafod tafodiaith gydag ef a Hywel Teifi ar ôl ysgrifennu truth ar 'Iaith Mam'. Daw atgofion hefyd am bregethu yn Llanymddyfri, lle'r oedd Carwyn yn athro ar un adeg.

Ond ar wahân i fod yn athro, yn ŵr llên ac yn wleidydd, fel colofnydd, darlledwr ac arbenigwr ar chwarae rygbi y cofia'r lliaws am y gŵr dawnus hwn. A dyna Ionawr 1983 eisoes wedi'n tlodi gan adael rhwyg lem yng ngwead ein cenedl.

Cyfres y Fil

Sbel yn ôl, fe holais yn y golofn hon am union nifer llyfrau 'Cyfres y Fil' o dan olygyddiaeth O. M. Edwards. Daeth ateb parod o swyddfa'r cyfreithiwr Emrys Jones, ac awdur y gyfrol *Dagrau Gwerin*. Rhag ofn y carai eraill restr lawn o'r llyfrau bach gleision hynny, cyflwynaf gymwynas Emrys, ynghyd â llafur E. D. Jones ar gyfer y *Y Casglwr*, i'r golofn heddiw:

'Cyfres i fil o danysgrifwyr oedd hon i fod, a hynny a roes y teitl iddi,' meddai'r erthygl, ac wele'r 37 llyfr sydd yn y gyfres enwog honno:

1. Dafydd ap Gwilym; 2. Goronwy Owen (Cyf.I); 3. Goronwy Owen (Cyf. II); 4. Ceiriog; 5. Huw Morys; 6. Beirdd y Berwyn; 7. Ap Vychan; 8. Islwyn; 9. Owen Gruffydd; 10. Robert Owen; 11. Edward Morus; 12. John Thomas; 13. Glan y Gors; 14. Gwilym Marles; 15. Ann Griffiths (John Davies a John Hughes): 16. Eben Fardd; 17. Samuel Roberts; 18. Dewi Wyn; 19. Joshua Thomas; 20. Geiriadur Cymraeg; 21. Ieuan Glan Geirionydd; 22. Ficer Prichard; 23. Alun; 24. Twm o'r Nant (Cyf. 1); 25. Twm o'r Nant (Cyf. 11); 26. Yr Hwiangerddi; 27. Gwilym Hiraethog; 28. Beirdd y Bala; 29. Y Diarhebion (Cyf. I); 30. Edward Richard a Ieuan Brydydd Hir; 31. Caledfryn; 32. Iolo Morganwg; 33. Mynyddog. (Cyf. I); 34. Siôn Cent; 35. Iolo Goch; 36. Mynyddog (Cyf. II); 37. Emrys.

Roedd eraill i ddilyn, ond ni fu un arall.

(Ionawr 25ain)

Blodau'r clawdd llanw

Filltir dda o Lanystumdwy i gyfeiriad Pwllheli y mae'r Bontfechan. Ar ddoldir yn y fan honno y mae'r ddwy afon, Dwyfor a Dwyfach, yn cwrdd cyn llifo'n un ac aberu sbel ymhellach yn y môr. Yn arwain o'r Bontfechan tua'r rheilffordd a thwyni Tŷ'n Morfa, y mae'r clawdd llanw, clawdd cartrefol sydd â llwybr troed ar ei ysgwydd, gyda mangoed a hesg a dreiniach ac eiddew o'i ddeutu.

Wrth gerdded y clawdd llanw hwnnw yn Chwefror y mae un hynodrwydd prydferth iawn yn dal llygaid: ar ochr yr afon i'r clawdd y mae'r prysgwydd gwyllt yn dryfrith o eirlysiau. Peth llwyr annisgwyl mewn lle felly yw gweld cannoedd o betalau bach gwynion yng nghanol dail eiddew a chlymau o ddrain. Mae rheswm yn dweud nad aeth neb erioed i'r fath lecyn anhygyrch i blannu eirlysiau! Felly, pam eu bod yn y ffasiwn le o gwbl?

Pan grybwyllais hynny wrth fy mrawd, Jac, cefais fod ganddo ateb parod. Draw, draw yn y coedydd y mae Plas Gwynfryn a Phlas Talhenbont, ac yn y pant rhwng y ddau blas fe lifa afon Dwyfach. Dros hon, fe godwyd pont goed enfawr, gyda giât gloëdig yn union ar ei chanol. Yn euroes y bendefigaeth, byddid yn arfer harddu'r goedwig wyllt â blodau, ac yn llannerch wastad Dryll y Dryw ger yr afon byddai myrddiwn o eirlysiau yn garped dros y llain. Yn eu tymor fe welid yno hefyd welyau melynion o'r daffodil sengl.

Rywdro yn 1935, bu storm ddychrynllyd o fellt a tharanau. Y Sul oedd hi, a chofiaf ein bod ni, oedd yn byw ger iardiau Plas Gwynfryn bryd hynny, yn medru gwylio'r storm yn gweithio uwch ben mynyddoedd y Graig Goch, Tal-ymignedd a Moel Hebog. Roedd yr awyr draw yno'n arswydus o ddu, a'r mellt i'w gweld–er ei bod yn ddydd–yn ymwáu'n llinynnau cordeddog trwy'r düwch, a bu'n fflachio felly trwy'r pnawn.

Pan ddaeth y nos, agorodd y storm ei llifddorau. Torrodd cwmwl ar y Graig Goch gan ddifrodi pont Tafarn Faig islaw, a'r dyfroedd yn rhuthro'n gynddeiriog tua gwaelodion llawr gwlad. Ysgubwyd pont drom y Gwynfryn yn yfflon oddi ar ei seiliau, ac ni welwyd mohoni mwy.

Yn y rhan honno o'r winllan, tyrchodd y llifeiriant trwy drwch anhygoel o bridd y llanerchau blodau, a chludo'r cyfan i'w ganlyn, yn goed a gwreiddiau ynghyd â miloedd o fylbiau. Mae'n debyg i'r rhan fwyaf gael eu carthu allan i'r môr mawr yn aber Dwyfor. Ond y mae'n amlwg i rai cannoedd gael eu troi o'r neilltu gan gorbyllau, a'u gadael yn uchel mewn llaid yng nghesieiliau'r clawdd llanw.

Yn ôl trefn natur, fe gartrefodd y bylbiau bach yn y pridd newydd, ac yno y maen nhw hyd heddiw, ers hanner can mlynedd bellach. Yno ar wasgar, ac yn ddigon o ryfeddod rhwng y mangoed a'r hesg a'r dreiniach a'r eiddew.

(Chwefror 22ain)

Parthenon

Mae cŵyn rhwng y Groegiaid a Phrydain. Hen, hen gŵyn. Asgwrn y gynnen yw teml y Parthenon sydd ar frig yr acropolis yn Athen. Pan sgrifenna'r Groegiaid am eu teml enwog, gan fynychaf fe grybwyllir enw'r Arglwydd Elgin, fel yr enghraifft a ganlyn:

> The Parthenon must be considered the most perfect and most magnificent ruin in the world, although a whole museum was carried away to England by Lord Elgin from the spoils of this one temple . . . the sixth (statue) was pillaged by Lord Elgin . . . fifteen (metopes) were carried away by Lord Elgin . . . The western frieze is to-day preserved amidst the foggy atmosphere of London.

Gŵr o'r Alban oedd Elgin a fu'n llysgennad Prydain yng ngwlad Twrci. Yn 1801, cafodd ganiatâd i gludo ymaith rai o drysorau'r Parthenon. Gan mai'r Twrc di-hid oedd yn llywodraethu bryd hynny, ni chafodd y Groegiaid ddewis ym mater eu hetifeddiaeth hwy eu hunain. Felly, aeth Elgin â thalpiau helaeth o gerflunwaith y Parthenon i'r Amgueddfa Brydeinig, a hyd heddiw, caiff y rheini'u hadnabod fel *'the Elgin Marbles'*.

Melina Mercouri

Y dydd o'r blaen , clywais Elaine Grand yn trafod y sefyllfa chwithig mewn telediad byw o Athen gyda Melina Mercouri, Gweinidog Diwylliant Groeg. Ei chynnig cyntaf oedd gofyn i'r Athenwraig pam eu bod eisiau'r *Elgin Marbles* yn ôl. Cafodd yr unig ateb rhesymol: 'Am mai ni piau'r marmorion. Groeg yw cartre'r trysorau. Ac y mae gan bopeth hawl i'w gartref ei hun'.

Roedd cwestiwn nesaf Elaine Grand yn fwy sarhaus fyth: 'Petaech chi'n eu cael yn ôl, a fedrech chi edrych ar eu holau nhw?' Fe'i hatebwyd mai busnes i'r Groegiaid yw'r modd y maen nhw'n gwarchod eu trysorau. A bod ganddyn nhw brofiad unigryw a maith o warchod hynodion archaeolegol mewn amgueddfeydd sy'n fyd-enwog.

Ar hyn, dyma Elaine Grand yn gwrthymosod gyda ffigurau, fel petai: 'Mewn blwyddyn y mae mwy o ymwelwyr yn tyrru i Lundain nag i Athen. Felly, oni fyddai'n deg dadlau y gall mwy o bobol weld cerfluniau'r Parthenon yn Llundain na phetai'r rheini yn Athen?'

Daeth dawn resymu'r meddwl Groegaidd ag ateb iddi fel ergyd, ac meddai Melina Mercouri: 'Os cwestiwn o nifer mewn pobloedd yw carn eich dadl chi, y mae yn China gannoedd ar gannoedd o filiynau o bobl. Felly, beth am i chi ym Mhrydain anfon trysorau o bob amgueddfa sydd gennych chi draw i China?'

(Mawrth 8fed)

Enamel

Y defnydd caletaf yn y corff dynol yw enamel y dannedd. A phan ystyriwn yr holl rygnu a'r malu a'r cnoi sydd yn hanes yr enamel hwnnw mewn un wythnos, heb sôn am oes gyfan, hawdd credu bod iddo galedwch llwyr eithriadol. I wybod sawl dant sydd ym mhen dyn, cystal cyfaddef y bu'n rhaid i mi, ar ganol sgrifennu hyn o druth, fynd i chwilota mewn llyfr meddygol. Yr ateb yw 32, sef dwy res o un dant ar bymtheg. I ganfod sawl dant sydd gen innau ar ôl, bu'n rhaid oedi unwaith eto ar ganol sgrifennu, er mwyn rhedeg tafod o gylch y galeri, a chael fod rhyw wyth dant wedi diflannu yng nghwrs y blynyddoedd. Gan hynny, nid yw pethau'n rhy ddrwg yn y felin-borthi.

Yn ystod y mis diwethaf, fodd bynnag, bu'n rhaid i mi alw heibio i'r deintydd, am na bûm yn ei gadair ers amser go faith, rwy'n ofni. Heb fod am amser go faith, am nad oedd un dim yn galw am hynny. Ond pan ddaeth telpyn o sment gloyw yn rhydd o gilddant nid oedd dim amdani ond picio draw i gael ail-smentio.

Artist dannedd

Yn ôl ei arfer, aeth gŵr medrus y gôt wen ati i drosolio am blwc, yna cwrs o ddrilio nes bod esgyrn pen yn crensian, cyn tasgu chwistrelliad o ddŵr i'r ogof bob hyn a hyn. Wedi cymysgu'i forter arianlas, bu wrthi wedyn yn ei driwela'n ddiwyd i'r ceudod. Â chysidro popeth, cefais y sesiwn yn un hynod o ddifyr am fy mod yn medru'i wylio-glywed yn mynd ynglŷn â'i dasg. Ei deimlo'n saernïo'r dant gyda gofal celfydd, clywed ei gŷn bychan, gloyw, ac ambell drosol main wrthi'n naddu ac yn siapio i gael pethau'n unffurf a llyfn ddiogel unwaith yn rhagor. Ni synnwn yr un tipyn na ddeil y dant hwnnw tra daliaf i bellach.

Y peth â'm trawodd o newydd oedd fod dawn y dynion a'r merched deintyddol hyn mor gwbl arbenigol, ac y dylem ddiolch llawer iddyn nhw am eu gorchestwaith. Canys nid 'person-tynnu-dannedd' yw'r deintydd o bell fordd, ond crefftwr ac artist sydd mor gaboledig ei orffeniad â Michelangelo unrhyw ddydd.

(Ebrill 12fed)

Hela Llwynog

Ar fynydd-dir Dyffryn Mymbyr y mae defaid ac ŵyn. Yn y creigiau cyfagos y mae cynefin y llwynog. Ac yno, fel ym mhobman, y mae'r cadno'n creu gofid i'r bugeiliaid o achos y rheibio gwaedlyd ar y meysydd. A ddylid, gan hynny, ddifa'r llwynog o'r wlad?

Dyna oedd maes y gyflafan yn rhaglen Vaughan Hughes y noson o'r blaen. Ei gocyn-hitio oedd Moc Morgan, ac er i Vaughan yn ôl ei arfer hysio'n egr, eto roedd Moc yn dal ei dir fel daeargi, gyfarthiad am gyfarthiad a brath am frath. Trwy gyfeirio at fioleg *peptic* ac *adrenalin*, honnai Moc nad oedd llwynog yn teimlo poen cael ei ddarnio gan helgwn yn ddim mwy nag y teimla dyn archollion mewn damwain.

Dadleuai rhai merched yn y rhaglen na ddylid cefnogi o gwbl ymlid o'r math hwn ar lwynogod. O'r ochr arall, gwrthddadleuai Pyrs yr Heliwr na wyddai'r genethod ddigon i basio barn ar fyd helgi a llwynog a dafad. Yna, daeth yr amaethwr Gwyn Davies â dadl gref trwy adrodd am y colledion a gafodd ef eisoes eleni, gan ddisgrifio pa mor erchyll y mâl llwynog yr ŵyn pan fo'n hela. Pwyntiodd Gwyn at y duedd sydd ynom, wrth gymryd plaid y llwynog, i anghofio'r ochr arall, sef y creulondeb y gall ei beri i greadur mor ddiamddiffyn ag oen.

Y dydd o'r blaen, roeddwn gyda chyfeillion lle'r oedd cigfran newydd dynnu llygad oen bach, a'r teulu'n ceisio gwarchod y gwlanog diniwed rhag i'r frân dynnu'r llall hefyd. Ar un funud, gallwn dderbyn yn ofidus fod Natur Wyllt yn fileindra coch. Nes cofio ar funud arall, y gall y Natur Ddynol, hithau fod yn gythreuldeb du. Onid problem anifeilaidd yw'r naill a'r llall?

(Mai 3ydd)

Acoustic

O'r iaith Roeg y daw'r gair, a'i ystyr yn syml yw 'clywed'. Ond bellach, defnyddir y gair am y modd y mae llais yn cario mewn adeiladau fel capel a neuadd ac eglwys a stiwdio. Mewn ysgubor agored mae'r llais yn eco caled ac yna'n darfod. Ond mewn tŷ-gwair llawn, y mae'r un un llais i'w glywed yn agos ac yn feddal. Dyna'r gwahaniaeth mewn *acoustic*.

Ni wn a yw yno o hyd, ond yn union uwchben y pulpud yng Nghapel Tegid, y Bala, byddai plât pres, crwn, enfawr, yn hongian o'r nenfwd. Am fod y capel mor eang ac uchel, tueddai llais y pregethwyr i ymgolli'n syth yn yr entrych, ond diben y plât anferthol hwn oedd taflu'r llais at-i-lawr. Serch hynny hyd yn oed, roedd gofyn ymdrechu'n ddyfal wrth draethu er mwyn i'r gynulleidfa fedru clywed y bregeth.

Gwrthwyneb hollol i Gapel Tegid yw Moreia, Llanystumdwy. Capel eithaf diweddar yw hwnnw, a phan oedd Clough Williams Ellis yn ei gynllunio, roedd gwybodaeth wyddonol y pensaer o Lanfrothen (a Phortmeirion) wedi gofalu y byddai llais yn cario'n rhwydd. Ac felly y mae. Ni wn am un adeilad sydd mor garedig wrth lais na Moreia; mae hyd yn oed sibrwd o'r pulpud yn cario'n berffaith i ben pella'r capel.

Ond beth am eglwysi? Mae adeiladwaith eglwys yn gwbl wahanol i gapel a neuadd. Gan amlaf, mae'r muriau'n feini moelion, ac at hynny mae'r gwneuthuriad yn cynnwys colofnau a bwâu, lawer ohonyn nhw yn nhraddodiad pensaernïaeth Groeg a Rhufain yn bur fynych.

Rhywle rhwng hyn oll, mae llais yn magu ansawdd o fath arall. Pan osodir côr cyfan o gantorion rhwng muriau hen y llan, mae rhyw adlais o gryndodau'n cerdded trwy'r holl adeilad, peth na fyddai'n digwydd mewn cae nac mewn neuadd na chapel. Profiad iasol mewn eglwys yw clywed côr yn dod i anterth 'amen', dyweder. Er bod y cantorion wedi gorffen y gân, a'u gwefusau'n llonydd, eto mae'r cord yn dal i dramwy ac am rai eiliadau rhwng trawst a bwa a nenfwd. Sain sy'n gyfareddol, gyda diolch i *acoustic* y lle.

(Mai 17eg)

Capten La Hire

Y dydd o'r blaen, darllenais eto fyth y gyfrol *Coming Down the Seine* gan Robert Gibbings. Yno mae'r awdur yn dilyn cwrs afon Seine yn Ffrainc, o'i tharddiad mewn dyffryn yn y Cité d'Or gerllaw Dijon i lawr at ei haber lydan yn y Sianel.

Wrth gyfeirio at Rouen, sonia Gibbings mai oddi yno y daeth y patrwm a geir ar gardiau chwarae, cardiau a ddyfeisiwyd yn Ffrainc gryn chwe chan mlynedd yn ôl. Diddorol oedd deall fod enwau ar y cardiau cynnar. Ar un adeg, Brenin y Calonnau oedd Charlemagne, a'r Frenhines Galon oedd Judith o'r Beibl. A'r Cnaf oedd y milwr, Capten La Hire.

Yn 1427, cyn mentro i frwydr led filain yn erbyn Lloegr, aeth La Hire ar frys at offeiriad i ofyn bendith maddeuant am ei holl gamweddau. 'Ar un amod,' meddai'r offeiriad, 'dy fod dithau'n offrymu gweddi.' Hon, meddir, oedd gweddi'r Capten: 'O Dduw, rwy'n gofyn i Ti wneud i La Hire heddiw yr hyn y caret i La Hire ei wneud i Tithau petai ef yn Dduw, a Thydi'n La Hire'.

Martin Elginbrodde
Roedd hynny'n atgoffa Gibbings o'r beddargraff hwn:

> Here lie I, Martin Elginbrodde;
> Have mercy on my soul, Lord God;
> As I would do, were I Lord God,
> And ye were Martin Elginbrodde.

Mewn mynwent yn Aberdeen gwelir y pill uchod, ond myn rhai mai parodi ydyw o arysgrif debyg sydd ar feddfaen yn Dundee. Eto, fe geir yr un syniad yn union mewn mynwentydd yn yr Almaen, y Swistir ac Iwerddon. Yn yr un cywair y gweddïodd y bardd o India ar ei dduw, dair mil o flynyddoedd yn ôl: 'O Indra, petawn i fel Ti yn unig arglwydd cyfoeth, yna ni byddai'r neb â'm clodforai fyth yn brin o wartheg'. Onid yw honyna'n weddi sy'n fath o daro'r post i'r pared glywed?

Hendre Waelod
Yn awr, beth am droi ar yr hen Gymro, Owen y crydd, a sylwi ar ei englyn ef:

Fy Nuw, gwêl finnau, Owen; trugarha
　At ryw grydd aflawen,
　Fel y gwnawn pe bawn i'n ben
　Nef, a thi o fath Owen!

Onid yw'n gymwys ar yr un patrwm â'r lleill a ddyfynnwyd? Ond ymollwng i'r drefn beth yn fwy gwylaidd a wnaeth William Phylip pan luniodd englyn i'w gartref, Hendre Waelod, Ardudwy, yn 1593:

　Plennais, da gwisgais dew gysgod o'th gylch
　　Wedi'th gael yn barod;
　　Wele, yr Hendre Waelod,
　Byddi di, a m'fi heb fod!
(Awst 9fed)

Sitting Bull

Mae rhaglen radio 'Byd Natur' wedi bod ar fynd er 1951, pan ddechreuodd Nan Davies arni gyda dau naturiaethwr, sef R. Alun Roberts ac R. E. Vaughan Roberts, a Ffowc Williams yn cadeirio'r sesiwn. Fel y cynyddai nifer cwestiynau'r gwrandawyr, ychwanegwyd at y panel, ac yng nghwrs y blynyddoedd cafwyd arbenigwyr fel R. D. Parry, T. G. Walker a Henry Lloyd Owen.

　　Ers tro bellach, cynhyrchydd 'Byd Natur' yw Gwyn Williams, a'r panel yw G. Elwyn Morris, E. Breeze Jones a G. Prys Davies, a'm braint innau yw ceisio llywyddu pethau yng nghwmni'r cyfeillion dysgedig hyn.

　　Ar gyfer un rhaglen yn ddiweddar, daeth neges gan gyfaill o Ynys Môn yn ei ddisgrifio'i hunan wrthi'n tynnu i lawr hen dŷ–yn ardal Llanfairfechan, os cofiaf yn gywir. Wrth lifio trwy un o'r trawstiau, yn sydyn bwriodd y llif yn erbyn defnydd caled yn eigion y pren. O archwilio'r coedyn, dyma ganfod blaen saeth yn ei berfedd hen.

Elwyn Morris a gafodd y dasg o drafod y dirgelwch, a chyda'i wybodaeth aeddfed a'i ddireidi cynnil, eglurodd Elwyn ei bod yn bur bosibl fod rhyw heliwr o Indiad Coch yng nghoedwigoedd mawr America wedi digwydd methu ar ei annel, a bod y saeth wedi plannu'n ddwfn i goeden ifanc. Os trywanodd y saeth honno'n ddigon pell i nodd y pren, yna gydag amser byddai'r rhisgl yn cau yn lân am yr archoll, a'r goeden wrth dyfu'n gylch ar gylch, yn tewychu'n foncyff ffyrf nes bod y blaen saeth yn solet o'r golwg yn nghalon y pren.

Yn nghwrs llawer o flynyddoedd, fe lifiwyd rhan o'r goedwig honno, gan allforio'r fasnach i bedwar ban byd. Digwyddodd y trawst hwn ddod yn rhan o adeilad yng Ngwynedd bell. A dyna, meddai Elwyn, pam ei bod yn llwyr bosibl y gallasai blaen saeth yr Indiad Coch, Sitting Bull, fod mewn trawst tŷ yn Llanfairfechan. *How!*

(Medi 20fed)

Dwyrain yr Almaen

Deutsche Demokratische Republik. Dyna'r D.D.R., sef Dwyrain yr Almaen erbyn heddiw. Nid ar chwarae bach yr eir yno, fel picio dros y Sianel i Ffrainc, dyweder.

I sicrhau *visa*, mae'n rhaid trefnu wythnosau rhag llaw, gan nodi union ddyddiadau'r mynd a'r dod, ynghyd â'r mannau y bwriedir ymweld â nhw. Golyga hynny lanw ffurflenni lawer, ac arwyddo dogfennau seithblyg. Nid fel yr ehed brân yr anelir tuag yno chwaith. Y drefn yw hedfan o Heathrow yn Llundain tua'r Iseldiroedd, a glanio ym Maes Awyr Schipol, Amsterdam. Aros am gryn awr yno cyn bod awyren arall, eiddo Cwmni Interflug o'r Almaen, yn barod i'w thaith.

Ond nid yw hon ychwaith am ddilyn ehediad syth y frân. Yn hytrach, bydd yn esgyn i gyfeiriad y gogledd, yna'n newid ei chwrs ar dro-pedol a chroesi dros Denmarc, gan droi tua'r de islaw Copenhagen am y ffin â gwlad Pwyl. Ar ben dwyawr bydd yn glanio ym Maes Awyr Schonefeld yn nwyrain Berlin.

Rhaid cyfaddef fod symud o'r naill ddesg i'r llall o flaen y swyddogion, gan arddangos pasport a sawl dogfen, yn fusnes llwyr fanwl a phoenus o araf. Eto, teg yw dweud na chawsom ddim yn orthrymus yn y dasg. Wedi'r cyfan, ym myd y trais a'r ffrwydron a'r drygiau a'r *hi-jack*, heb sôn am y gwleidydda piwus, ni ellir beio un llywodraeth am fod yn orofalus bellach ynglŷn â'r dieithriaid sy'n cerdded drwy byrth y gwledydd.

(Nodiad: O'r flwyddyn 1989 ymlaen, gwelwyd y system gomiwnyddol yn Ewrop yn ymddatod. Cerddodd y chwalfa trwy Rwsia a gwledydd y Baltig yn ogystal â gwledydd fel Pŵyl, Hwngari a Siecoslofacia. Pan chwalwyd Wal Goncrid Berlin, diflannodd y D.D.R., a chyplwyd y 'Dwyrain' hwnnw â gorllewin y wlad gan uno'r Almaen unwaith yn rhagor.)

(Tachwedd 8fed)

1984

Pedwar tân

Roeddem ni ar ginio fel teulu pan ddaeth curo ar y drws, a Huw Parry, beiliff fferm stad Gwynfryn yn cerdded i mewn.

'Newydd drwg sy gen-i i chi,' meddai'n araf. 'Yn enwedig i *chi*,' ychwanegodd gyda phwyslais anesmwyth ar y gair 'chi'. Cofiaf deimlo Mam yn anniddigo, ac yn pwyso ar Parry i ddweud ei neges. (Eglwyswr oedd y beiliff, capelwyr oeddem ninnau. Ac ar y gwahaniaeth hwnnw y gorffwysai'r trymder–'yn enwedig i *chi*'.)

'Mae capel Moreia wedi mynd ar dân,' meddai.

1935

Cyn pen deng munud yr oeddem yn sefyll ymysg y dyrfa ar wegil pont afon Dwyfor yn Llanystumdwy, a chapel Moreia yn wenfflam. Roedd criw o wŷr tân wrthi eu gorau, ond o gymharu â'r peiriannau sydd heddiw, pur annigonol oedd yr offer y pnawn hwnnw. Traflyncodd y ffwrnais berfedd y cysegr mewn dim amser, llowciodd y tân y coed pits-pein gydag awch arswydlon, a phan glywyd cyfres o gleciadau bygythiol o'r tu mewn, cwympodd y to'n ysgyrion i'r pair. Trwy'r llwch a'r lludw llifodd y fflamau i'r awyr agored gan lyfu'r waliau trwy dyllau'r ffenestri.

Ar y pnawn hwnnw o Awst, roeddem yn gwylio diwedd yr hen Foreia, ac yn hogyn deuddeg oed cofiaf sylwi ar rai o ffyddloniaid y capel mewn dagrau ar bont y pentre.

1976

Llithrodd darn o oes heibio, ac ar nos o Orffennaf dros ddeugain mlynedd wedi hynny, clywais fod Moriah arall wedi mynd ar dân, yng Nghaernarfon y tro hwn. Drannoeth, euthum draw i dre'r castell i syllu ar bentwr o rwbel mewn bwlch rhwth ar y ffordd i fyny'r allt. 'Mirain deml Moreia'n dân' chwedl Eben Fardd mewn cyswllt arall.

Roeddwn wedi bod o'r tu fewn i gynteddau'r addoldy gwych hwn sawl gwaith mewn cymanfaoedd ac uchelwyliau. A bu'n arfer gennyf ers llawer blwyddyn bregethu yno am Sul, a'r croeso'n gyson gynnes.

Y bore dreng hwnnw, dringais gan bwyll i ganol yr adfeilion, heb wybod yn iawn pam. Ond wrth glywed arogleuon llymsur y mwg yn dal yn y gwynt, y tro hwn yn aeddfetach gŵr, roeddwn yn ddigon hen i ddeall dagrau'r ffyddloniaid gynt.

1982

Clywais am y trydydd trychineb tân drwy deliffon boreol iawn o Adran Newyddion y BBC ym Mangor, gyda chais ar imi ddod i'r stiwdio i ddweud tipyn am Blas Gwynfryn, lle treuliais beth o'm mebyd. Dyna'n wir y foment gyntaf imi wybod fod y plas wedi llosgi y noson gynt. (Diwedd Mehefin oedd hi.)

Gyrrais ar wib tua'r Gwynfryn, a'i gael yn gragen wag, a fflamau lloerig y nos wedi lleibio'r plasty, lawr ar ôl llawr, o'r tŵr uchaf i'r selerydd isaf. Erbyn hyn, mae'r plas yn oer ac yn dlawd, ei ffenestri'n weigion a'i furiau'n cracio, heb neb ar ei gyfyl, na phendefig na phedlar.

1984

Ar y 12fed o Ionawr, clywed ar y radio fod tân mawr yn nhref Caernarfon. Erbyn yr hwyr, gweld ar y sgrin ddarluniau o'r difrod, ac adeiladau'r *Herald Cymraeg* mewn brwydyr filain â'r fflamau. Y newyddion yn dod yn dalpiau: caffi wedi'i ddifetha, siop fodur yn llwch, cwmni ffilmio mewn argyfwng, ac argraffdy'r *Herald* yn colli'r dydd.

Wrth gydymdeimlo â'r Cwmni, ac â'r masnachwyr eraill, diolch byth na ddigwyddodd dolur i bersonau. A gwerthfawrogi hefyd lafur cyson wrol (ac aberthol yn fynych) y gwŷr tân yn eu tasg beryglus.

Mae rhyw gyd-ddigwydd rhyfedd ynglŷn â'r tanau hyn: dau yn Eifionydd a dau yng Nghaernarfon, a rhyw fath o gyswllt personol rhyngof i a'r pedwar lle. Ac er dweud bod rhywbeth dychrynllyd o derfynol mewn tân, diolch y tro hwn y dichon yr hen wasg enwog ddal ymlaen er gwaetha'r dinistr. A chodi eto fel ffenics o'r lludw.

(Ionawr 24ain)

Bedd Williams

Ddiwedd Ionawr, a'r eira ar y mynydd, bûm yn oedi yn Llanfair-ar-y-bryn ar gwr tref Llanymddyfri. Er na fynnwn am y byd anwybyddu'r Hen Ficer Rhys Prichard, eto ar Williams Pantycelyn yr oedd fy mryd i. Y tro diwethaf imi sefyll wrth ei fedd (ddeng mlynedd yn ôl bellach) roedd dynion wrthi'n hongian oddi ar ysgolion a rhaffau ar y gorchwyl o lifio ymaith ganghennau trymion y llwyfanen oedd yn bygwth cwympo ar gofeb y Pêr Ganiedydd.

Wrth ysgrifennu hyn o eiriau, dyma droi o ran chwilfrydedd i gyfrol Aneirin Talfan Davies, *Crwydro Sir Gâr* (1955). Darllen amdano'n cyrraedd Llanfair-ar-y-bryn, a dod ar draws y frawddeg hon ar dudalen 33: 'Dan goeden fawr gysgodol saif cof-golofn y Pêr Ganiedydd'.

Fodd bynnag, nid felly y mae hi bellach. Diflannodd y pren, ac nid oedd wrth fur y fynwent ond trwch o eiddew'n glymau dros foncyff y 'goeden fawr gysgodol'. A bedd Williams a Mali yn ddiogel mwy.

Gwennol eglwys

Cefais groeso tirion gan y ficer presennol, y Parchedig Brian Price, nad oes ond tri mis er pan ddaeth i'r fywoliaeth yn Llanfair-ar-y-bryn a Llandingad. Soniodd wrthyf am brofiad diddorol a gafodd pan oedd yn ei eglwys arall yng Nghapel Tygwydd. Roedd gwenoliaid wedi dod i gartrefu yn y cysegr, ac er pob ymgais nid oedd modd yn y byd eu dal nac ar adain nac fel arall, am eu bod yn llwyddo i wibio allan o afael pawb tuag entrychion yr adeilad.

Y diwedd fu galw ar arbenigwyr i'r eglwys. A'u dull nhw o setlo'r broblem oedd gadael i'r gwenoliaid hedfan faint a fynnen nhw trwy'r lle, i fyny ac i lawr, yn ôl ac ymlaen. Wedi sbel felly, clwydodd yr adar ar y trawstiau am fymryn o orffwys. Ond ar y foment honno, aeth yr arbenigwyr ati i daro'r seddau'n galed gyda llarp o bapur. Parai'r glec i'r gwenoliaid rusio ac ymollwng yn syth ar adain gan ymwáu eto fyth trwy awyr yr eglwys. Cyn bo hir, rhoi cynnig arall ar orffwys ar drawst a thulath, ond cyn iddyn nhw gael eu gwynt atynt o gwbl, roedd clecian y papurau islaw yn eu dychryn a'u codi ar adain unwaith yn rhagor.

Felly, meddai'r ficer, y buwyd wrthi'n gofalu nacáu un eiliad o orffwys i'r adar gan eu gorfodi i ehedeg yn ddiball. Yn araf bach ac fesul tipyn, dechreuodd nerth y gwenoliaid ballu, gan ddod yn is ac yn is, nes o'r diwedd iddyn nhw gyrraedd y llawr wedi ymlâdd yn hollol. Roedden nhw wedi blino mor llwyr fel y medrai'r arbenigwyr fynd at y gwenoliaid, eu codi oddi ar y llawr, a manteisio ar y cyfle i'w gollwng yn rhydd i'r awyr y tu allan. Yr amser a gymerwyd i flino'r gwenoliaid oedd dwy awr!

(Chwefror 14eg)

Sbectol John

Am fy mod yn gymaint edmygydd ohono, y mae popeth a ddwed ac a ysgrifenna John Roberts Williams yn cael effaith gyfareddol arnaf. Dyna pam y rhuthrais tua'r siop i brynu ei lyfr diweddaraf gan weddïo nad oedd yr argraffiad wedi'i lwyr werthu. A bûm ffodus. Sôn yr wyf am y gyfrol *Dros fy Sbectol* (a dywyswyd i'r wasg yng ngofal Guto Roberts a Chyhoeddiadau Mei).

Mae'r llyfr gan y darlledwr a'r sgrifennwr unigryw hwn yn cynnwys dros hanner cant o sgyrsiau wedi'u dethol o'r gyfres radio 'Dros fy Sbectol'. Ceir yma sylwadaeth ar y byd mawr ac ar Gymru fach, ar bobl a phethau, gyda'r cyfan yn awgrymu chwilota dwys a llawer pensynnu. Mae yma addysgu, peth pregethu, swm o broffwydo ynghyd â chellwair hwnt ac yma.

Ond y mae'r cyfan, yn ddwyster a direidi, yn sobreiddio dyn. A champ i neb ddarllen y gyfrol heb gael ei gyffroi'n bur arw y naill ffordd neu'r llall. Am fod fy ngholofn yn weddol gyfyng, bu'n rhaid imi dorri'r gadwyn gain er mwyn gwasgaru rhai o'r perlau. Ac wele ryw ddyrnaid fel hyn ar chwâl:

'. . . rydw i'n cofio sut y gorchfygwyd y dirwasgiad mawr hwnnw efo rhyfel. Rhyfel, pan oeddan ni'n rhy dlawd i fyw–ond nid yn rhy dlawd i farw.'

'. . . argraffiad Saesneg newydd o'r Llyfr Gweddi wedi cael ei gyhoeddi'r wythnos hon, ac yn yr argraffiad hwn mae'r Saeson yn cydnabod eu bod nhw wedi pellhau digon oddi wrth Dduw nes gorfod ei alw fo bellach yn Chi yn lle Chdi.'

'. . . os ydych chi'n cymeradwyo cario gynnau, peidiwch â chwyno os ydyn nhw'n cael eu defnyddio.'

'Ac yn y bedrwm brenhinol y buasai'r dyn hwnnw, am y gwela i, pe na bai o'n smociwr, ac yn smociwr heb ffags. Dyna ddifethodd yr anturiaeth fawr. Y Frenhines ddim yn cadw paced o Players dan y gobennydd ac yn gorfod canu'r gloch am un o'r gwŷr traed–os mai dyna ydi footman.'

'Mewn gwely MAWR y byddai Harri'r Wythfed yn cysgu–digon mawr i'w wragedd i gyd fod yno efo fo,–tasa nhw i gyd ar gael yr un pryd.'

'Mae oes y plasau, fel oes y cestyll, ar ben.'

'Sut mae'n bosib rhoi pobol yn y jêl am fygwth yr heddwch a hwythau'n gweddïo am heddwch?'

'Wn i ddim beth sy'n mynd i ddigwydd i bechaduriaid y dyfodol–ond mi wn i beth sy'n mynd i ddigwydd i'w Cymraeg nhw.'

I ganfod sylwadaeth fel yr uchod yn eu cyswllt, mae'n rhaid darllen y gyfrol o glawr i glawr. 'Bwyta y llyfr hwn' chwedl y Beibl wrth y proffwyd gynt.

(Gorffennaf 2fed)

Tân yn Efrog

Profais iasau rhyfedd o glywed fod Eglwys Efrog yn llosgi. Trwy'r drugaredd ni yswyd ond un adain o'r hen gysegr. Serch hynny, achosodd y fflamau ddifrod gresynus a gyst filiwn o bunnau i'w adfer, ynghyd â llafur o dair blynedd. Teirawr o dân yn troi gogoniant canrifoedd yn domen o ludw.

Er i Michael Fish fethu'n deg â chanfod prawf pendant iddi fod yn taranu uwchben Efrog y noson honno, dymuna'r arbenigwyr gredu mai mellten strae a daniodd y Gadeirlan, ac nid unrhyw weithred iselwael gan ddynion.

Mae nifer mawr o eglwysi, lleiandai a mynachlogydd o gwmpas Efrog, ond coron y cyfan yw *York Minster*. Yn ei wreiddiau, mae *minster* yn cyfleu'r gair 'mynachlog', a'r hanes yn mynd yn ôl i gyfnod y Rhufeiniaid. Gyda'r canrifoedd, tyfodd yr adeilad yn odidowgrwydd o bensaernïaeth Gothig, gyda thrysorau celfyddyd a dysg yn rhan bellach o olud y fangre, a'r gwydrau lliw yn un o geinderau prinion hanes.

Ychydig cyn bore'r fellten, roedd Archesgob Efrog wedi cysegru'r offeiriad David Jenkins yn Esgob Durham. Yn y dyddiau hynny, roedd yr Hybarch Jenkins wedi cyffroi meysydd cred trwy amau, onid anghredu Athrawiaeth y Geni Gwyrthiol ynghyd ag un Atgyfodiad y Corff. Oherwydd hynny, aeth yr uniongred i brotestio'n eithaf chwyrn, a mynnai llawer na ddylai prelad oedd yn arddel honiadau felly gael sedd Esgob o gwbl. Ond pan aeth darn o *York Minster* ar dân y noson o'r blaen, tystiodd rhai o wrthwynebwyr David Jenkins mai barn Duw oedd y fellten honno, am i Archesgob Efrog gysegru 'heretig' i weinyddu yn Durham.

Yn awr, os yw'n arfer gan Dduw dalu'n ôl fel hyn, mae'n anodd deall pam iddo ymosod ar hen adeilad, a hwnnw'n wychder i gyd. Onid mwy effeithiol fyddai bod wedi tanio cwrs o fellt o gwmpas yr 'heretig' ei hunan? Ac os mynnir bod esgob newydd Durham yn cyfeiliorni yn ei syniadau am Dduw, onid yw syniadau'r cyhuddwyr yn cyfeiliorni'n ogystal? A'u bod yn priodoli i Dduw ein hunion ymateb ni fel gwael ddynionach? Ac yn tybio fod Duw yn ymateb neu'n adweithio i ddigwyddiadau yn hollol fel y gwna ein defnydd cnawdol ni?

Yn gam neu'n gymwys, rwy'n distaw gredu fod llawer o hiwmor yn y Galon Ddwyfol, ac nad oes un dim y gellir ei wneud â'n gwyriadau ni ambell waith ond gwenu, a gwenu'n drugarog, gobeithio.

(Gorffennaf 23ain)

Powdwr du

Cyn i *Herald* arall ymddangos, bydd mis Hydref wedi mynd, a dathlu noson Guto Ffowc wedi pasio, bydd gwreichion y tân gwyllt wedi diffodd a'r coelcerthi'n ddim ond pentwr o lwch. Eisoes, mae'r rhybuddion ar gerdded, a'r cyngor yr un eleni eto, ar i blant, yn arbennig, gymryd gofal mawr wrth ymhél â'r ffrwydron peryglus.

Tachwedd 5ed 1605 oedd hi. Y diwrnod hwnnw, wrth i swyddogion archwilio'r celloedd o dan sylfeini'r Senedd-dy yn Llundain, daethpwyd ar draws nythaid o gasgenni. Roedd pob un yn llawn o bowdwr du, a'r bwriad oedd chwalu'r Senedd-dy a'i lywiawdwyr yn ysgyrion ulw. Yn yr un un seler hefyd y daliwyd Guy Fawkes yn ymguddio. Cafodd ei gyhuddo o fod y tu ôl i'r brad-gynllwyn, a chyn pen tri mis fe'i dienyddiwyd, yn 36 oed.

Gwae ni erioed o fore dyfeisio'r powdwr du. Ni bu'r ddaear na'i phobloedd na'i phethau yn ddiogel fyth wedyn. Dywedir fod y powdwr ysol ar fynd yn China bedair canrif cyn Crist. Ar y cychwyn hwnnw, nid oedd y powdwr gan wŷr China ond yn prin fegino'r fflamau. Gyda'r blynyddoedd, fodd bynnag, aeth dinistr y powdwr du yn fwyfwy ffyrnig. Yn rhyfedd iawn, mynach oedd y tu ôl i un arbrawf, Roger Bacon wrth ei enw, a rhoes ef hwb sylweddol i ddatblygu'r powdrach ffrwydrol. Yn y drydedd ganrif ar ddeg ysgrifennodd un Marcus Graecus lyfr gyda'r teitl erchyll *Liber Ignium, the Book of Fires for Burning Enemies.*

Pan oedd y Twrc yn llywodraethu ar Athen, fe storiwyd swm o bowdwr du yn nheml y Parthenon. A phan drawodd mellten yr acropolis, ffrwydrodd y powdwr gan achosi galanas ddifrifol i'r adeilad hanesyddol hwnnw.

Tua'r bedwaredd ganrif ar ddeg, aed ati i ddyfeisio dulliau o gael y powdwr i saethu bwledi allan o faril hir. A dyna eni oes y dryll, gydag arbenigwyr wrthi'n creu gynnau o bob maint ac o bob nerth. O'r cyfnod hwnnw hyd heddiw, nid yw dynion wedi peidio ag arbrofi gydag offer dinistr ffrwydrol.

Ar ddechrau'r ganrif ddiwethaf, cyfrannodd Alexander Forsyth at berffeithio un math o ddryll. Yn rhyfedd iawn, clerigwr oedd Forsyth hefyd. Pen draw'r ymhél hwn â'r powdwr du oedd mynd ati i greu bomiau, y rhain eto o amrywiol faint a nerth. Bellach, aeth yr arfau melltigaid hyn yn arswyd trwy'r byd cyfan. Gellir cuddio bom yn barsel disylw mewn awyren, mewn swyddfa, mewn gorsaf, o dan gerbydau, rhwng lloriau–mewn unrhyw fan. Dyna oedd tristwch pethau yn Brighton yn ddiweddar, y bom wedi'i chuddio'n ddirgelaidd, a phan ddaeth eiliad y danchwa, fe achosodd farwolaethau a chlwyfau a dinistr cyffredinol. 'Is nag uffern' meddai Pantycelyn yn rhywle. Gwaetha'r modd, tra pery tywyllwch o fath felly yn nefnydd y natur ddynol, fe bery'n ogystal uffern dân.

(Hydref 29ain)

Indira Gandhi

Erbyn dydd Sadwrn nesaf, bydd y mis hwn fel deilen ola'r hydref wedi cael ei gipio oddi ar y calendr. Ond eleni, bu Tachwedd yn fis cyffrous ar lawer cyfrif. Os daeth glawogydd i lenwi cronfeydd dŵr yng Nghymru, yn India fe gaed tân a brwmstan a lladdfeydd cythreulig. Digwyddodd y cyfan am i Mrs Indira Gandhi gael ei llofruddio. Trwy lygad y teledu gwelwyd ei chorfflosgi hithau, a'r achlysur hwnnw fel angladd cyhoeddus dros wyneb y ddaear.

Mae i bob rhyw ladd ei enbydrwydd. Ond y mae i fradlofruddiaeth enbydrwydd sy'n affwysol dywyll. Mae'r weithred wrth-gefn honno'n un benderfynol filain o'i chychwyn cyntaf. Nid yw'n hidio rhithyn am nac artaith nac egwyddor nac unrhyw fath o drugarhau. Felly y cerddodd Indira Gandhi, druanes, y bore hwnnw yn darged agored, gwbl ddiamddiffyn, i gawod o fwledi â'i lloriodd yn gelain gegoer.

Onid yr un modd, rai blynyddoedd yn ôl, y cerddodd Mahatma Gandhi, yntau, i'w dranc? Gwaetha'r modd, mae brad-lofruddio wedi bod yn rhan o stori'r oesoedd: Kennedy, Lincoln, ac yn ôl trwy'r canrifoedd i'r Fforwm yn Rhufain lle trywanwyd Iwl Cesar gan ei gyfaill (onid ei fab, medd rhai),

Brutus. Os tynnir ymhellach fyth i wyll bore hanes dyn, yr un un yw'r hanes. Onid yw Llyfr Genesis yn tystio fod hen frad y galon ddynol yn ysu mor gynnar â dyddiau Cain?

(Tachwedd 26ain)

Côr Lewis Jones, Tyncelyn

Un hen garol sy'n mynnu dod i'r gwynt bob Nadolig yw honno gan Eos Iâl–'Ar gyfer heddiw'r bore'. Bu'r Eos yn lloffa trwy lyfrau'r Beibl gan gydio geni Iesu wrth adnod ar ôl adnod. Math o brawf am 'gyflawni'r proffwydoliaethau' sydd yn neges y bardd. Mae'n dweud am 'wreiddyn Jesse', 'y Cadarn ddaeth o Bosra', 'gwir Feseia Daniel' a'r 'addewid roed i Adda', a bod y Geni ym Methlem yn rhoi ystyr i'r cyfan hyn oll. Ac yna fe geir cwpled lle daw tafodiaith Eos Iâl i'r amlwg:

> Yr Alfa a'r Omega ar lin Mair,
> Mewn côr ym Methlem Jwda ar lin Mair.

'Côr', dyna'r gair. A hynny am fod iddo sawl ystyr. Yng nghyswllt y garol, nid mintai o gantorion yw'r 'côr' hwn. Nid ychwaith y rhan honno o eglwys a elwir yn gangell. Mewn parthau o Gymru (Ceredigion yn arbennig) defnyddir y gair 'côr' am sedd mewn capel. Ond nid hwnnw yw'r 'côr' sydd gan Eos Iâl.

Pan oeddem yn byw yn ardal Uwchaled ac Edeirnion, fe glywid y gair 'côr' yn feunyddiol ar dafod y fro. Bröydd amaethyddol yw'r rheini, a'r 'côr' yno yw'r enw gan yr ardalwyr am feudy, ac yn y côr hwnnw y byddid yn godro'r gwartheg.

Yn y cyswllt hwnnw y daw Lewis Jones, Tyncelyn, i'r stori. Gwladwr o Gymro, uniaith yn fwy na heb, oedd Lewis Jones, gŵr diwylliedig, cwbl ddiymhongar, ac mor unplyg â phlentyn. Un noson laith, llithrodd Lewis Jones yn afrwydd ar lawr y beudy, a thorri'i glun. Bu'n rhaid mynd ag ef fel yr oedd ar frys i Ysbyty Gobowen. Drannoeth, brysiais draw i'w weld, ac wrth gael sgwrs â'r meddyg o Sais a fu'n ei ymgeleddu y noson cynt, dywedodd ei fod mewn cryn drafferth yn deall beth yn union oedd wedi digwydd i'r hen frawd, am mai'r unig eglurhad a gawsai gan Lewis Jones oedd: 'I fell in the côr'. A chwestiwn y meddyg i mi yn ei swyddfa oedd: 'What does he mean by côr?'

Mae'r ateb yn y garol 'Ar gyfer heddiw'r bore', sy'n dweud i'r Baban gael ei eni 'mewn côr ym Methlem Jwda', sef llety'r anifail, beudy neu stabl. Ac felly y dymunodd y Nefoedd ei 'Nadolig Llawen' cyntaf i fyd fel hwn, heb na theledydd na thinsel. Mewn symlrwydd oedd mor fendigaid briddlyd â beudy.

(Rhagfyr 24ain)

1985

Yr iaith ar waith

Ffaith wybyddus mewn hanes yw'r newid sy'n digwydd i ieithoedd o oes i oes. Fe ddigwydd newid hyd yn oed i ystyr gair. Enghraifft amlwg yw'r gair 'gwirion'. Gennym ni heddiw, mae elfen o'r ynfyd a'r ffôl yn y gair 'gwirion'. Eto, ganrif a dwy yn ôl, hollol fel arall oedd ei ystyr; sylwer ar Bantycelyn yn sôn am hoelio Tywysog Nen 'yn wirion yn fy lle'–'gwirion' bryd hynny'n golygu 'diniwed'.

Yn ogystal â bod geiriau'r newid eu hystyron, fe ddaw i iaith hefyd ymadroddion sy'n estron. Mae'n amlwg fel y cartrefa'r Americaneg fwy a mwy yn y Saesneg. Beth am yr ymadrodd rhyfedd 'No way!' sydd bellach yn golygu'r annhebygol neu'r amhosibl? A'r cyfarchiad ffárwel 'See you!'

sydd wedi'i lac-Gymreigio i 'Wela i chi!' Mae'n anodd gwybod sut i glensio'r ffárwel od hwn. Ped atebid yn ôl 'Wela inna chitha!' mae'r peth yn swnio fel plant yn chwarae mig!

Ar radio a theledu ymddengys fod y gair dyddiol 'anghydfod' wedi dod i sefyll dros bob asgwrn cynnen sy'n bod. Oni ellid ei liniaru weithiau gyda geiriau fel 'trafferth', 'helynt', anghytundeb', 'cweryl' neu 'anghydwelediad'?

Ymateb ac adweithio

Fel arfer, fe berthyn i'r gair 'disgwylir' elfen o obeithio, neu o ddymuno, hyd yn oed. O'r herwydd, y mae'r frawddeg 'Disgwylir bod nifer mawr wedi eu lladd' yn swnio'n anffodus ac anghysurus, pryd y gellid defnyddio'r gair 'tybir', neu 'ofnir', neu 'dyfelir' fel pwyslais sydd beth yn esmwythach. Pwynt arall: nid 'dod i *dermau* â'r sefyllfa' (*come to terms with the situation*) a wna'r Cymro, ond dod i *delerau* â'r sefyllfa.

Mae gwahaniaeth hanfodol hefyd rhwng ymateb ac adweithio; *respond* yw'r naill, *react* yw'r llall. Ar rai prydiau lled eithafol yn unig y mae dyn yn 'adweithio' i ddigwyddiad. Fel rheol, ni wnawn fwy nag 'ymateb' i'r peth.

Ffurf a ffyrf

Gair sydd ymron â darfod yn ein plith bellach yw 'ffyrf'. Cofiaf un awdur o ardal Eifionydd yn cael proflenni i'w darllen, a phan welodd fod y wasg wedi argraffu'r gair 'ffurf' yn lle 'ffyrf', fe'i cywirodd. Yn dilyn hynny, cafodd gryn drafferth yn argyhoeddi'r cysodydd mai 'ffyrf' oedd gair ei fro ef am rywbeth trwchus, praff, megis 'pren ffyrf'.

Cysur y byd yw gweld Parry-Williams yn disgrifio llysywen fel un 'fferf'; enghraifft o'n meistr-llên yn defnyddio'r un gair yn union, gan roddi iddo ei ffurf fenywaidd ar ben hynny. (Gweler *O'r Pedwar Gwynt*, tudalen 19)

(Chwefror 2fed)

Meddyg gwlad

Aeth clywed am farwolaeth Dr Ifor Davies, Cerrigydrudion, â ni yn ôl i ardal Uwchaled, lle cawsom lawer i'w wneud ag ef am gryn ddeng mlynedd. Cofiaf Dr Edward Davies o Benrhyndeudraeth yn cyrraedd y fro yn feddyg ifanc i gydweithio â Dr Ifor. Roedd y darn gwlad enfawr oedd yn eu gofal yn ymestyn o gyffiniau Ysbyty Ifan yn un pen, hyd agos at Gorwen yn y pen arall, ac allan wedyn am yr unigeddau hwnt i Lanfihangel-glyn-myfyr tua godreon Hiraethog. Miloedd o erwau unig, heb dref ar y cyfyl yn unman, dim ond eangderau hyfryd o fân bentrefi a ffermydd. Dyna'r parthau y mae'r meddygon gwlad hyn wedi'u tramwy yn ddyddiol ym mhob tywydd, boed haf boed aeaf.

Yn ogystal â bod yn feddyg gwlad abl a mawr ei barch, roedd Dr Ifor hefyd yn ŵr amlwg ym mywyd y fro mewn byd ac eglwys, a'i ddiddordebau'n eang. Rhywbryd yn y pum degau oedd hi, minnau ers dyddiau'n paratoi darlith ar Williams Pantycelyn, wrthi'n gweithio trwy'r gerdd hirfaith honno am anturiaethau ysbrydol Theomemphus nes cyrraedd at yr adran lle mae'n sôn am angau a'i dylwyth o afiechydon yn difa pobl. (Onid fel meddyg y cychwynnodd Williams ar ei yrfa golegol?)

Y pnawn hwnnw, pwy ddaeth heibio i roi sylw i un o'r plant ond Dr Ifor Davies. Tro sydyn oedd hi i fod, ond pan ddeallodd fod Pantycelyn wedi astudio peth meddygaeth, arhosodd i drafod am gryn awr gan synnu at wybodaeth yr emynydd, a rhyfeddu at rai o'r hen enwau oedd ar fynd yn y cyfnod hwnnw am afiechydon a balm: humors, apoplecsi, blisters, dropsi, pleuris, gum o'r India, drugs Periw a'u tebyg...

O blith nifer synfawr, dyma ddau bennill y bu'r meddyg o Gerrigydrudion yn dotio arnyn nhw'r pnawn hwnnw:

Y rheumatis cynddeiriog sy'n marchog o fy mla'n,
Y danllyd gout redegog sy'n poethi fel y tân;
Yn gyrru'r humors heilltion i'r traed a'r bysedd main,
A thrwy ryw ddygn boenau yn digymalu'r rhain.

Y cwinsi, ef a laddodd lu o rai llawn o waed,
Y colic gwynt a sathrodd fyrddiynau tan ei draed;
Y garreg yn yr aren, neu yn y bledren ddŵr,
Mewn eitha poen ddybenodd amrywiol rymus wr.

Nid Williams ar ei fwyaf telynegol yn sicr, ond gallasai fod yn waeth, am mai ymhlith y penillion hyn y ceir y llinell ddrylliedig honno:

Yn Constant fawr inople ei drigfan ef y sydd . . .

A phan adawodd Dr Ifor am ei gerbyd, roedd ei edmygedd fel ei chwerthin mor helaeth â'i gilydd.

(Mawrth 4ydd)

Llwgu wal

Cerrig tir mewn pridd yw clawdd yr ardd. Ond eleni mae'n rhaid bod y rhew eithafol (a daeargryn y llynedd tybed?) wedi ysigo'r cyfan. Cafodd y clawdd ei chwyddo gan ddwyster y rhew, a chyda'r meiriol fe suddodd pridd y clawdd yn ôl i'w wely. Ond, gwaetha'r modd, mae llawer o'r cerrig bellach yn disgyn o'u lle, a nifer o'r meini mawrion, hyd yn oed, yn siglo fel dannedd rhyddion.

Prin fod unpeth sy'n fwy difyr na gwylio crefftwr wrth ei waith, boed hynny mewn marmor neu baent, mewn chwarae ar faes pêl droed neu wrth fwrdd snwcer, mewn neuadd opera neu ar lwyfan drama. Y dydd o'r blaen, arhosais i edrych ar waliwr wrth ei grefft, y pentwr cerrig ar wasgar o'i gwmpas, ac yntau'n chwilota'n bwyllog am ei garreg nesaf gan wrthod y naill a ffafrio'r llall wrth reddf.

Rhyw ddwy droedfedd oedd lled y wal, a'r meini wedi'u codi o'r ddeutu i fod yn ddwy ochr gadarn iddi. Yna, roedd gofyn am gerrig a rwbel, beth yn fanach, i lenwi gan ofalu bod y defnydd a âi i'r canol yn cloi'r cyfan fel sadrwydd. Dysgais fod y rwbel-llenwi yn arbennig o bwysig yng ngwead yr adeiladwaith. A dyna'r pryd y soniodd y crefftwr wrthyf am un waliwr oedd wrthi'n daclus ddigon yn codi cerrig yr ochrau, ond heb fod yn rhoi cymaint a chymaint ym mherfedd y wal. (Yr adeg honno, fe delid i'r gweithiwr yn ôl y rwd (*rod*), oedd tua phumllath o hyd. O'r herwydd, brysiai'r cyfaill yn ei flaen er mwyn ennill mwy o lathenni, ac o gyflog.)

O'i weld braidd yn ffrwcslyd gyda'r gwaith llenwi, gofynnodd un cymydog iddo,

'Peidio dy fod ti'n llwgu'r wal yna, dywed?'

'Mae'n well gen i lwgu'r wal na llwgu 'ngwraig!' oedd yr ateb.

Y Wal Orchest

I mi, y mae'r dweud 'llwgu'r wal' yn ymadrodd godidog, na chlywais erioed mohono o'r blaen. Nid af i wamalu am y wal honno y bu Wil yn dweud 'wel' wrthi, ond daw un arall i'r cof, sef y Wal Orchest. Fe'i gwelir hi ar y ffordd tua'r Lôn Goed yng nghyffiniau'r Ynys a'r Gaerwen.

Soniodd Dic, Maes-gwyn, wrthyf fel y byddai'n arfer erstalwm gan weision y ffermydd cyfagos ymryson wrth drin cerrig, a mynd ati ar nos o haf i godi pwt o wal, yn unig er mwyn camp y peth. Ac yno y saif honno hyd heddiw, gryn bedair llath ohoni, yn dyst i firi un hwyrnos lle bu'r hogiau'n codi'r Wal Orchest.

(Mawrth 18fed)

Ffŵl Ebrill

Ar fore fel heddiw, mae'n bosibl y bydd sawl un wedi cael tro trwstan, neu o leiaf wedi cael achos i wenu oherwydd rhywbeth mwy digri nag arfer. Direidi felly a glywais i mewn sylw gan Rhys Jones ar ei raglen 'Segura' un bore Sul yn ddiweddar. Sôn yr oedd am yr hysbysfwrdd mawr hwnnw y tu allan i ddinas y colegau, gyda'r geiriau hyn arno: YOU ARE ENTERING BANGOR, THE ATHENS OF WALES. Er na allai warantu gwirionedd ei sylw nesaf, soniodd Rhys am ŵr ar dro yng ngwlad Groeg, ac yn darllen ar hysbysfwrdd yno: YOU ARE ENTERING ATHENS, THE BANGOR OF GREECE.

Difyr yw ceisio dadansoddi'r pethau bychain sy'n ennyn gwên, fel yr hen gerbyd treuliedig hwnnw'n rhoncian ymlaen yn boenus o araf gyda cherdyn ar ei du ôl: RUNNING OUT! Wedyn, dyna'r gwalch arall hwnnw oedd wedi sylwi fod miloedd o fodurwyr yn arddel y ddwy lythyren gyfarwydd 'AA', yn penderfynu rhoi ar ei ffenestr ef y ddwy lythyren BB!

John Eilian

Ysywaeth, y mae i fywyd hefyd ei ddwyster. A phrofiad felly oedd clywed am farwolaeth yr enigmatig John Eilian, newyddiadurwr a llenor o faintioli sylweddol iawn. (Bob hyn a hyn, byddaf yn troi at ei ysgrif ar 'Robert Williams Parry' yn y gyfrol *Gwŷr Llên*, a olygwyd gan Aneirin Talfan Davies,–ysgrif sy'n cydio bob gafael.)

Pan wahoddwyd fi i gyfrannu'n wythnosol i'r *Herald Cymraeg* (saith mlynedd yn ôl bellach), ef, John Eilian a roes ei theitl 'Wrth Edrych Allan' i'r golofn hon. Pan oedd oddeutu ugain oed, fe gynhyrchodd John Eilian (J. T. Jones, bryd hynny) a'i gyfaill, Prosser Rhys, gyfrol o farddoniaeth ar y cyd o dan y teitl *Gwaed Ifanc*. Ond fe gytunir bid siŵr, mai un o orchestion mwyaf John Eilian oedd ffurfio'r cylchgrawn rhyfeddol hwnnw, *Y Ford Gron* a ddaeth allan yn y tridegau cynnar.

O ran chwilfrydedd, fe drois i rifyn Ebrill 1933, a chael ynddo farddoniaeth a greodd John Eilian pan fu ar dro yn niwedd y dauddegau yng ngwlad Iraq. Testun ei awen bryd hynny oedd 'Wrth Afonydd Babel'. Roedd *Y Ford Gron* yn llawn gwybodaeth am arlunwyr, ffasiynau, gwleidyddiaeth, llyfrau a materion beunyddiol y cyfnod. At hynny, fe geid storïau a cherddi, heb anghofio'r croesair, ynghyd â deg swllt a chwecheiniog am ei ddatrys. Heb un ddadl, yr oedd John Eilian ymhell iawn ar y blaen yn ei faes newyddiadurol. A bu'r *Herald Cymraeg* ar ei elw o'i gael wrth y llyw am gyfnod da.

(Ebrill 1af)

Thomas Parry

Yn wir, yn wir, y mae'r golofn hon eleni wedi cynnal trymder ar ben trymder. A'r dyddiau hyn, wele'r genedl yn chwitho ar ôl Syr Thomas Parry. Yn ei fyned ef, fe gollodd Cymru ysgolhaig a beirniad a llenor. Collwyd hefyd ŵr a fynegai ei farn yn ddiflewyn-ar-dafod. Yn ogystal â hynny, roedd Syr Thomas yn gwmnïwr gyda'r mwynaf ei galon a'r gwreiddiolaf ei hiwmor.

Fel 'Tom Parry' yr adweinid ef ym Mangor mewn cyfnod cynharach, ac ef oedd ffefryn-ddarlithydd y dosbarth Cymraeg. Roedd ganddo bresenoldeb a phersonoliaeth oedd yn llwyr arbennig, heb sôn am ddawn i draethu'n feistraidd a chyson ddiddorol. Yn 1944, daeth un o'i lyfrau pwysfawr o'r wasg, sef *Hanes Llenyddiaeth Gymraeg hyd 1900*. (Un peth amlwg am glawr y gwaith hwn oedd mai *Thomas* Parry oedd arno, nid *Tom* Parry.)

Yn ein plith ym Mangor yr oedd myfyriwr o'r enw Henry Aethwy Jones, brawd o Lerpwl, a feddai gyflawnder tra helaeth o hunanhyder, ac un a fentrai drafod ei athrawon fel cydradd, a hynny mewn Cymraeg oedd yn camdreiglo'n rhyfedd. Y noson honno, daeth Aethwy ar dro i'n llety ni gyda'i stori: 'Mi es i heibio i Tom yn y coleg 'na, ac mi dudis i wrtho fo, "Dwi'n gweld mai *Thomas* Parry sy ar tu allan i'ch llyfr chi, ac nid *Tom* Parry. Pam, dudwch?" Ac medda fo wrtha i, "Wel, Mr Jones, neith o ddim llawar o gwahaniath be sy tu allan i'r llyfr 'na. Ei tu mewn o sy'n pwysig i chi!"

Harri Gwynn

Yn dilyn marwolaeth Thomas Parry, daeth y newydd fod Harri Gwynn, yntau, wedi'n gadael. Gŵr o dalentau rhyfedd, ei ffordd ei hunan ganddo o feddwl, o fyw a bod, o wisgo ac o siarad. I'r anghyfarwydd, roedd clywed geiriau fel 'brebwl' a 'standiffollach' a'u tebyg y tu hwnt i grebwyll. Ond i gydnabod Harri Gwynn, yr oedd iddyn nhw beth ystyr, o leiaf.

Rhywle rhwng dau begwn direidi a difrifwch yr oedd cymeriad tra hynod, a thu hwnt o fanwl ynghylch ei bethau. Byddai yn barod ar gyfer darllediad ymhell cyn pryd, gyda phopeth wedi'i ddidol a'i fesur rhagllaw i'r eiliad, ac ni byddai'n hapus o gwbl os digwyddai newid-munud-olaf ar y drefn. Wrth gyfrannu i'r 'cyfryngau', yr oedd stamp dyrys Harri i'w deimlo'n amlwg, boed hynny trwy feicroffon neu gamera.

Fel ei hiwmor trwm-ysgafn, felly hefyd ei lên. Yn 1975, yn deitl ar un o'i gyfrolau, benthyciodd ymadrodd o'r gerdd 'Canol Oed' gan Williams Parry–*Yng Nghoedwigoedd y Sêr*, ac yno mae'n disgrifio'r chwalfa sy'n digwydd i batrwm bywyd:

> Mae'r ddelw yn y dŵr
> Yn crynu
>
> Cyn rhedeg yn ysgyrion ewynnog
> Gan gorddiad gwynt
> Y pomgranadau.

Yn y gân 'Cwest' (lle ceir crybwyll nodweddiadol am Miss Snobidyhoi a Mr Bwch ap Bwch) y mae'n cloi'n bryfoclyd fel hyn:

> 'Marwolaeth trwy gael ei eni'
> Oedd y rheithfarn.
>
> Ac aeth pawb ynghylch eu pethau.

Mae'n ddiamau yr â pob un ohonom ninnau ynghylch ein pethau y gwanwyn hwn. Ond o golli glewion fel y rhain, ni fydd pethau neb ohonom yn hollol yr un fath fyth eto.

(Mai 13eg)

Tawel nos

Onid yw'n anhygoel fel yr ysguba'r dyddiau heibio? A dyma Nadolig arall wedi mynd. Dim ond ychydig amser sydd er pan oeddem yn edrych ymlaen at yr ŵyl. Yn fwyaf sydyn, wele ni'n edrych yn ôl arni, a'r holl sbloet wedi darfod eisoes. Mor aml mewn sawl carol y daeth y gair 'tawel' ar y clyw: 'Tawel yw'r nos . . .' 'O dawel ddinas Bethlehem . . .'

Eto, mae'r Nadolig modern yn bopeth ond tawel. Pa siawns sydd ganddo i fod yn wahanol mewn oes nad yw tawelwch yn ei geirfa mwyach? Oes yn ymrasio yw hon, oes yn ymwthio, ymheidio, ymlafnio, ymfileinio ac ymfyddino. Yn nyddiau bwledi'r Dwyrain, mae rhywbeth yn eironig mewn canu am 'dawel ddinas Bethlehem'.

Daw i'm meddwl y cyfnod yn ein bro pan oedd fisitors yn fodau pur eithriadol. Un haf daeth teulu ohonyn nhw i aros mewn fferm gyfagos. Roedden nhw'n mwynhau cefn gwlad yn burion, ar wahân i un peth: eu bod nhw'n methu'n deg â chysgu. A'u rheswm dros hynny oedd fod nos y wlad yn rhy dawel. Bu hynny'n ddryswch mawr i mi–fod tawelwch, o bob peth bendithiol, yn cadw pobl ar ddi-hun.

Eto, roedd darn o'r esboniad yn eu cefndir nhw fel pobl-ddŵad. Bywyd dinas fawr oedd cynefin y dieithriaid hynny, lle'r oedd sŵn yn beth beunyddiol a beunosol. Roedden nhw wedi arfer â byw ym mwstwr miloedd y dyrfa, gyda thrybestod trafnidiaeth a berw masnach a rhu diwydiant yn batrwm naturiol eu bywyd, ddydd a nos. Ond wrth symud o'r ddinas am wyliau i heddwch pell y meysydd a'r coed, fe ddryswyd peirianwaith eu cefndir. Wedi colli sŵn y dref, roedd tawelwch y wlad yn gallu bod yn ormes arnyn nhw. Ac yn eu cadw'n effro.

Dadwrdd modern

Erbyn heddiw, mae'r sŵn dinesig wedi treiddio i gefn gwlad gan ddod allan o'n tai trwy radio a theledu a disgiau a thapiau. Caiff y dadwrdd modern ei gludo dros ysgwydd mewn transistor, ac aeth yn fwyfwy anodd osgoi'r sŵn mewn unrhyw fan. Mae'n mynnu dod i westy ac i gaffi o ryw gilfachau sy' yn y dirgel. Wrth gerdded cownteri'r siopau mawr, fe'i clywir yn hewian trwy ddail palmwydd. Fe'i clywir o'r tu fewn i'r modur wrth deithio, a hefyd ar fainc y modurdy wrth ei drwsio.

Mae cenhedlaeth brin yn cofio adeg pan nad oedd ymyrriad fel hyn i'w gael o gwbl oll. Nid oedd weiarles yn nhŷ neb. Na theledu'n bod. Geiriau llwyr ddiystyr a fuasai casét a fideo. Yr unig sŵn yng nghefn gwlad fyddai sgwrsio pobl wrth basio, morthwylio yn efail y gof, llifio yng ngweithdy'r saer, aredig yn y maes, a miri plant ar gae ysgol. Gellid clywed sïon pryfed ar fore o wanwyn, clebran ieir mewn clawdd pridd, a siffrwd gwynt yn y dail. Weithiau fe ddôi ergyd taran gyda chenllif yn tasgu ar y to, a rhu llifeiriant yn yr afon. Ond ar wahân i ryferthwy ambell storm felly, byd tawel, tawel oedd hi.

(Rhagfyr 30ain)

1986

Cetrisen ludiog

Edrychaf ar fy nesg a'i chwmpasoedd, ac wele gip ar y trugareddau sydd ar chwâl o'm deutu: papur ysgrifennu, pensiliau a'u hogwr, rybar, biro (ddegau), tâp-glynu, teipiadur, rwlar, clipiau papur (ugeiniau), inc, hen ffowntan Parker, papur carbon, pinnau, siswrn, cyllell, cardiau, ffeiliau, teclyn-tyllu-papur, tâp-teipio, amlenni, nodlyfrau ... y rhain a'u tebyg yw'r hwylustodau y mae ysgrifennwr yn eu defnyddio bob un dydd o'r flwyddyn.

Ar gwr y ddesg, mae fy llygaid wedi taro ar fymryn o wamalrwydd: tiwb ydyw, yn eithaf tebyg mewn trwch a hyd i getrisen 'twelf-bôr'. O dynnu'i gaead, gwelir bod defnydd o'i fewn fel gweren cannwyll, a'i sawr cynnil yn atgoffa dyn am rosyn. O rwbio'i drwyn ar bapur, mae'n gadael ar ei ôl haen ddi-liw sy'n ludiog, ac yn hwylus ryfeddol at gydio dau bapuryn yn ei gilydd.

O graffu ar y manylion a argraffwyd ar y tiwb, gwelir *Made in W. Germany* gan Henkel. Ac ar frig y getrisen ceir y frawddeg, *The non-sticky sticky stuff*. Nid yw'r geiriau hyn yn mynd i siglo'r cread, bid siŵr, ond o'i bath y mae'r frawddeg yn un eithaf gwreiddiol. Yn frawddeg o saith sillaf. Ac o bopeth annisgwyl, y mae'n swnio fel Cynghanedd Sain. Mentrais ateb y llinell i'w gwneud yn gwpled cywydd fel petai, gan gyfaddef mai lletgloff braidd yw'r cynnig:

> The non-sticky sticky stuff–
> Yr wyt ti'n iawn reit enough.

Mae'n bosibl y byddai Herr Henkel yn eithaf balch o'r cwpled gludiog, ond am fod acen y gair olaf ar ungoes, rwy'n ofni na safai un eiliad o flaen Gerallt y Talwrn.

(Nodiad: Bellach, a hithau'n 1992, nid oedd ar diwb newydd y glud 'Prittstick' un math o sôn am W. Germany. Na'r un wlad arall chwaith. Ond deil y gynghanedd ei thir mor gyndyn â'r gliw.)

(Ionawr 18fed)

Aberdaron

Ymhlith angladdau Ionawr, bu nifer yn deuluol. Tynnodd un brofedigaeth ni am Geredigion i'r ardal sydd rhwng Cnwch Coch a Llanafan, nes cyrraedd capel a mynwent Rhyd-y-fagwyr. Diddorol yw clywed y gair 'magwyr' ar dafod y trigolion o hyd; magwyr, sy'n golygu wal neu fur. Muriau felly a welodd Moelwyn o gylch y Ddinas Gadarn: 'Iachawdwriaeth ydyw ei magwyrydd hi'.

Buom hefyd yn eglwys Llanaelhaearn, llan hynafol, sy'n cysgodi rhwng yr Eifl a'r Bwlch Mawr, gyda Llithfaen yn y mynydd a Threfor ger y traeth. Galwodd angladd arall ni tua phenrhyn Llŷn i wasanaeth yn hen eglwys Aberdaron sydd o fewn ychydig lathenni i donnau'r môr. Ni sylwais erioed o'r blaen fod y fynwent y tu cefn i'r eglwys mor anhygoel o serth. Er gwybod am ambell gladdfa sydd ar oledd eithaf chwyrn, rhaid derbyn mai mynwent Aberdaron yw'r fwyaf llethrog o ddigon. Clywais hefyd mai hi yw'r fynwent fwyaf ei maint yn Llŷn.

Yn y llyfr *Hanes Eglwysi a Phlwyfi Lleyn* (a ymddangosodd yn 1910 o dan olygyddiaeth y Parch. D. T. Davies) dyry'r ficer, y Parch. H. Lloyd, ffeithiau tra chyffrous wrth sôn am Aberdaron. Eglura y byddai'r môr ar un adeg yn cloddio i mewn i'r fynwent gan beri difrod enbyd ar gynnwys y beddau. Y dyb gyffredin, meddai'r awdur, oedd 'fod yr Eglwys ar y dechrau, pan adeiladwyd hi, yn ddwy filltir o'r môr'. Ychwanega hefyd fod yr hen eglwys ymron â dadfeilio nes i oludogion y plasau a'r plwyfolion estyn cymorth i'w diddosi gyda tho a ffenestri a dodrefn newyddion.

Tyrchod daear

Wrth gyfeirio at afon Saint yn y plwyf, ceir y sylw hwn gan y ficer: 'Y mae un peth hynod iawn yn gysylltiedig â'r afon hon . . . y mae plwyf Aberdaron, fel pob plwyf arall yn cael ei flino gan lu o dyrchod daear, ond dyma'r syndod, ni fydd yr un twrch i'w gael yr ochr draw i afon Saint, hynny yw, ochr Uwchmynydd; byddant feirw bob un yn fuan iawn yno. Pwy rydd esboniad ar hyn?' (Fe garwn innau wybod a oes darllenydd yn Llŷn heddiw a all gadarnhau'r uchod. Os felly, tybed beth yw'r eglurhad?)

I'r Sant Hywyn y cysegrwyd eglwys Aberdaron, ac yn ei lyfr *Hynafiaethau Lleyn*, y mae'r Parch. J. Daniel ('Rhabanian') yn traethu fel hyn am y sant: 'Hywyn, Howyn, Honwyn, Henwyn, Henyn, Hefynyn neu Hefin Sant ap Gwyndaf Hen ap Emyr Llydaw, taid Cadfan . . . Bu yn aelod o Gôr Illtud ym Morgannwg, o'r hwn y daeth i Enlli, lle y gwnaethpwyd ef yn Esgob. Efe, fel y bernir sefydlodd yr Eglwys yn Aberdaron at wasanaeth y pererinion lluosog a gyrchent i noddfa y Saint . . .'

Bu adeg yn ein cyfnod ni pan aeth plwyfolion Aberdaron i bryderu'n wironeddol am y gallai'r môr ddifrodi'r llan hynafol yn llwyr. A'r hyn a wnaed oedd codi eglwys arall filltir neu ddwy o'r traeth. Rwy'n tybio mai i'r Sant Hywyn y cysegrwyd hithau hefyd, ond y mae'n rhaid cyfaddef nad oes i'w phensaernïaeth arbenigrwydd eithriadol iawn.

A'r rhyfeddod annisgwyl yw hyn–nid yn yr Eglwys newydd honno yr addola'r plwyfolion heddiw, ond i lawr fel cynt yn y llan ar fin y traeth. Ymddengys na lwyddodd unpeth i ddinistrio hen gysegr Sant Hywyn sydd 'wrth greigiau Aberdaron a thonnau gwyllt y môr'.

(Chwefror 8fed)

Sialens

Parodd trychineb y roced *Challenger* arswyd trwy'r byd. Roedd mwy nag un ffactor y tu ôl i'r trychineb hwnnw pan laddwyd saith ar drawiad. Â ninnau wedi mynd i dybio mai peth i'w gymryd yn ganiataol oedd mynd a dod y rocedwyr, onid oedd hynny'n ddigwyddiad hollol gyfarwydd bellach, mor gyfarwydd fel mai prin mwyach y gwnaem sylw o'r teithio hwn tua'r gofod?

Eto, ynglŷn â thrasiedi diweddar Cape Canaveral, daeth i'r amlwg fod mynych ohirio ac ail-drwsio wedi digwydd, roedd nam ar ryw offer neu'i gilydd, roedd un drws yn gwrthod â chau fel y dylai, roedd y tywydd yn bryfoclyd o anffafriol, ac amser yn prinhau. I roi ias newydd i'r sialens, yr oedd gwraig o athrawes wedi ymuno â'r criw y tro hwn, gwraig a ddewiswyd allan o blith nifer mawr o ymgeiswyr. Yn y man, byddai ei theulu a'i dosbarth ysgol yn ei dilyn ar deledu a radio'n ysgubo trwy'r uchelderau, a hithau'n dysgu gwersi i'w disgyblion o'r gofod maith. A dyna stori a fyddai ganddi, druan, petai wedi cael dod yn ôl i'r ddaear yn dilyn yr anturiaeth.

O'r diwedd, ar yr 28ain o Ionawr, gyda phawb a phopeth yn barod, daeth y foment i'r roced godi oddi ar ei banllawr. Safai'r dyrfa, yn berthnasau a disgyblion, gan wylio'r cyfan yn awchus. Dringodd y *Challenger* gyda nerth angerddol yn uwch, uwch i'r awyr, a chodai llygaid y dorf yn edmygus dan graffu ar y cerbyd yn esgyn ymhell, bell i'r entrych.

O fewn un munud yr oedd y trymlwyth o gannoedd o dunelli wedi ymwthio'n galed yn erbyn disgyrchiant nes cyrraedd hyd at ddeng milltir i ddwfn yr wybren. Ond yn sydyn dyna fflam arswydus lachar gyda chynffonnau o fwg a thân yn diferu o'r uchelion glas. Roedd y sialens fawr drosodd yn derfynol. A dinistriol.

Am ryw reswm, daeth cerdd o waith Parry-Williams i'm meddwl, a chydag ymddiheuriad am ymhél â hi, gweithiais y llinellau canlynol ar ei phatrwm, yn fwy neu lai:

Y Diwedd

Aeth roced echdoe, yn cynnwys saith,
I ddiwedd ei siwrnai cyn pen y daith.

Ymgorddi, esgyn, gadael ei thŵr,
A chraeniau gweigion lle bu'r holl ystŵr.

Daeth fflach o'i pheiriannau ar aswy a de,
A phelen o nwy yn ymdanio'n y ne',

A rhywsut fe gipiwyd y criw at yr Iôr
Trwy gawod o haearn rhwng awyr a môr.

Saturn 5

Wedi hynny, darllenais rai manylion am y roced arall honno, y *Saturn 5* a anelwyd am y lleuad sbel yn ôl. Roedd iddi dri darn, y cyntaf a'i hyd yn 138 troedfedd, yn 33 troedfedd ar draws, a'i bwysau'n 130 o dunelli. Roedd yr ail ddarn yn 81 troedfedd mewn hyd, ac yn pwyso 43 tunnell. A'r trydydd darn yn 58 troedfedd, a'i bwysau'n 16 tunnell. Ar ôl cyplu'r tridarn yn un roced anferthol, a thywallt ynddi'r nwyon i'w gyrru, roedd pwysau popeth erbyn hynny'n 3,000 o dunelli– yn gymaint nes i'r trymlwyth suddo cryn droedfedd a hanner i'r ddaear.

    Mae'n anodd credu fod nerth ar gael a ddichon syflyd cruglwyth o'r fath o'i le hyd lawr daear, heb sôn am ei godi i'r awyr. Ond eglura'r medrusion fod yn y roced un-ar-ddeg o beiriannau, gyda phump o'r rheiny ar waith i'w saethu at-i-fyny, pob un o'r peiriannau hynny'n pwyso deg tunnell, ac yn traflyncu tair tunnell o danwydd bob eiliad. A chyfanswm eu nerth yn 160 miliwn celrym–*horse power*. (Dim ond saith celrym yn unig oedd gan yr hen Austin bach a yrrem gynt!) Gan gofio mai un olwyn oedd yn llywio'r cerbytyn hwnnw, y mae angen dau beiriant ar hugain i lywio'r *Saturn 5*.

Onid oes digon o ddarllenwyr yr *Herald* yn cofio adeg pan ellid rhifo ar ddwy law sawl modur oedd yn y gymdogaeth, ac awyren yn ddim ond breuddwyd na bu erioed ar gyfyl awyr ein bröydd swil?

(Chwefror 15ed)

Dewi Sant

Mewn byd mor gnawdol â hwn, y rhyfeddod yw, nid fod yma saint o gwbl, ond fod rhestr mor faith o'u henwau trwy'r oesoedd. A bod cymaint o fannau ar hyd a lled y byd wedi'u neilltuo'n arbennig i gadw'r cof yn fyw am sant neu santes. Yn seler eglwys San Lorenzo yn Genoa, bûm yn syllu ar esgyrn Ioan Fedyddiwr,–gweddillion y bu i Filwyr y Groes eu cipio o Wlad yr Addewid. Dangoswyd imi hefyd y Greal Santaidd, yn ôl yr honiad. Ac yno'n ogystal, gwelais fraich Iago a Hannah, pethau lledrog, crimp, a digon anghynnes yr olwg.

Stori ar batrwm tebyg yw honno am 'achub' esgyrn Sant Marc rhag y Mahometaniaid: llongwyr Fenis yn y ddegfed ganrif wedi clywed fod yr eglwys lle cladded Marc gerllaw Alecsandria i gael ei dymchwel, yn lladrata'r gweddillion a'u cludo i Fenis, a'u gosod yn y gadeirlan sy'n arddel yr enw San Marco hyd heddiw. Pan oedd O. M. Edwards yno gan mlynedd yn ôl, bu'n taer holi ymhle'r oedd esgyrn y sant enwog yn yr eglwys. A'r ateb a gafodd oedd 'fod rhyw ddoge, pan mewn mawr eisiau pres, wedi gwerthu Marc bob yn ddarn liw nos, i'r uchaf ei geiniog'.

Cofiaf sefyll, dro arall, ar flaenau fy nhraed yn Nhŷ Ddewi, yn syllu trwy rwyllwaith haearn i gyfeiriad blwch yr honnir bod esgyrn Dewi'n gorwedd ynddo.

'Nid Saeson fyddant'

Y mae bod yn Gymro'n fwy na gwarchod esgyrn, ac yn fwy na chinio dathlu. Dyna pam y carwn gynnwys y paragraff isod o *Gwaedd yng Nghymru* (1970), cyfrol anghysurus y diweddar J. R. Jones, athro a phregethwr na chlywodd Cymru ddigon arno. Ond enaid y dylid ei osod yn rhwydd yn oriel y saint a fagodd ein cenedl ni. Craffer ar yr ymresymiad ofnadwy dreiddgar hwn–yr awdur piau'r italeiddio:

> Medd rhai: pe collid yr iaith Gymraeg fe arhosai'r *deunydd dynol* i'w gymhathu mewn iaith arall. Dyma hynny o golled a wêl y rhai na fedrant ddirnad diwylliant ond fel rhyw gynnwys cyffredinol i'w dywallt o lestr y naill iaith i'r llall. Eithr colli bychanfyd a fyddai colli Cymru, colli un crynhoad o'r byd sydd (fel pob un arall, wrth gwrs) yn anghyffelyb ac anadferadwy. *Ni fedrai Duw ei hun mo'i edfryd.* Eithr pa waeth *os arhosai'r byd*, os un crynhoad ar y byd mewn un iaith a gollid? Yr ateb yw, am fod yna ddarn o'r ddynolryw wedi gwreiddio yn y crynhoad hwn–wedi meddiannu'r byd yn fychanfyd drwyddo. O'i golli fe'i gadewid hwy a'u plant am genedlaethau yn ddiwreiddiedig–nid yn ddiddysg o bosib yn yr iaith a'r diwylliant arall, ond yn anwareiddiedig, er hynny, yn yr ystyr sylfaenol na wyddant mwyach pwy fyddant yn Amgylchfyd yr Oesoedd. *Canys nid Saeson fyddant.* Nid rhywbeth i'w daro amdanat fel gwisg wedi i ti ymddihatru o un arall yw gwreiddiad mewn bychanfyd.

I ddal ar neges y proffwyd, bydd yn rhaid darllen ac astudio rhesymeg ac athroniaeth ei lyfr drosodd a throsodd. Ac yna, os bernir bod ei ddyfarniad yn gywir, bydd y tristwch dieithriaf erioed yn siŵr o olchi trosom.

(Mawrth 1af)

Sioe Cruft

Er nad oes ddafn o elfen cystadlu yn fy ngwaed, eto byddaf yn distaw ryfeddu at yr amrywiaeth pobloedd a fydd wrthi. Ac yn eu distaw edmygu, o ran hynny. Ystyrier eisteddfod fawr y cŵn, Sioe Cruft yn Llundain. Y fath ofal a'r magu, y disgyblu, yr ymarfer a'r cribo sy'n digwydd yn hanes y cŵn a fydd yn cyrraedd y llwyfan terfynol.

Yn hyn o beth eleni, brysiaf i longyfarch Ioan Mai o Lithfaen, am fod o fewn ychydig i lwyddo gyda'i gi ef,–o fewn trwch blewyn, fel petai. Rywbryd yn ystod y sioe, wrth frith-wrando ar y newyddion, rwy'n barnu imi glywed fod un ci arall hefyd wedi gwneud yn bur lew yn y cystadlu, ci gyda'r enw 'Dalati' yn rhan o deitl ei frid. O glywed y sillafau 'Dalati', codais f'aeliau braidd, ac yna edrych ar fy nghyfaill oedd yn cysgu'n fwndel llipa ar y mat o flaen y tân. Nid oedd yn ymddangos fod gan Daniel y Sbaniel y diddordeb lleiaf mewn llwyddiannau o'r fath. O ran hynny, ni fu gan Daniel erioed ddiddordeb mewn nemor ddim ar wahân i ambell bryd, tro yn y car, a chysgu. A bod yn gyfaill.

Sut bynnag, euthum i chwilota yn y drôr nes dod o hyd i'w bedigri. (Dylaswn innau fod wedi iawn-gofrestru'r creadur puraidd ers blynyddoedd.) Ond wele'r dystiolaeth am genhedliad Daniel, sy'n bedigri pur: ei eni ar Orffennaf 25ain 1974 yn darfgi Cymreig coch a gwyn. Er bod pedair cenhedlaeth ddiogel o'r llinach ar y siart, digon am y tro fydd nodi enw godidog ei daid, sef 'Dai Peroxide'. A'i nain, 'Dalati Sidan'. Ei daid o'r ochr arall, 'Daniel o Dregwilym'. A'r nain honno, 'Siân yr Efail'. Mam Daniel oedd 'Gwenllian Gwyrfai', a'i dad 'Dalati ap Dafydd'.

Y teulu 'Dalati' hwn a ddaeth yn amlwg yn Sioe Cruft eleni. Yn y cyfamser, wrth heneiddio, rhyw lusgo ymlaen gan bwyll y mae Daniel, ac yn ei ffordd ryfedd ei hunan, yn dal ati.

(Nodiad: Ar Ionawr 25ain 1987, aed â Daniel i'w hir gwsg yn milfeddygfa Chwilog. Er ei bod yn bnawn braf, wrth yrru tuag adref mi daerwn ei bod yn glawio ar sgrin y car.)

(Mawrth 8fed)

Blingwr

Bydd yn anodd gollwng Chwefror 1986 dros gof. Fe'i nodwyd bellach fel yr ail oeraf yn y ganrif hon, ac yn ôl cyfrifon, yn un o'r pum Chwefror mileiniaf er yr ail ganrif ar bymtheg. Yn fy nyddiadur eleni, fel hyn y disgrifiais ei Sul cyntaf: 'diwrnod tywyll, oer amrwd'. Heb fawr feddwl fod o'n blaen fis cyfan a fyddai yn hanesyddol frathog. 'Mawrth a ladd, Ebrill a fling' meddai'r ddihareb. Ond y tro hwn, yn ddi-ddadl oerwynt Chwefror oedd y blingwr mawr.

Daeth wythnos olaf y mis bach â ni drosodd at Ddygwyl Dewi, pan oedd y Ffrancod i drechu'r Cymry. Yn ystod y dyddiau hynny, bu awdurdodau'r gêm rygbi yng Nghaerdydd wrthi'n ymrafael â'r oerfel ar gae'r Maes Cenedlaethol. Rhoddwyd cwilt drosto, gan danio peiriannau i'w gadw'n gynnes nos a dydd nes gwawrio dydd yr ornest. Roedd gwarchod y cae rhag *hypothermia* wedi costio £10,000, meddir. Rhyfedd o fyd, meddai'r hen bensiynwyr!

Yn y dyddiau a fu, un nodwedd amlwg ymysg Cymry'r bêl hirgron oedd eu dawn i ganu'r naill emyn ar ôl y llall, a hynny'n ddiogel gyda geiriau yn ogystal â harmoni. Mae'n wir mai peth hollol ddiystyr oedd canu o'r fath cyn chwarae pêl. Byddai Pantycelyn a David Charles wedi crafu pen mewn dryswch mawr. (O ran hynny, oni fyddai H. F. Lyte, yntau, wedi pensynnu'n ddwys o glywed *Abide with me* yn stadiwm Wembley cyn ymryson pêl-droed blynyddol y Saeson?)

Sut bynnag, mae'r newid patrwm a ddaeth i fywyd cymdeithasol a chrefyddol y Cymry yn gwbl amlwg bellach.

Pan ddarfu am yr arfer o fynd i'r oedfa, fe ddarfu hefyd am yr emynau a'r tonau yng nghanol y dorf Gymreig, am nad oes fawr neb mwyach â llawer o grap ar na phennill na thôn, llai fyth hen harmoni'r tonic sol-ffa.

'Dyddiau o bob cymysg'

'Pa bryd y daeth yr eirlysiau eleni? Rwyt ti'n arfer â nodi hynny bob blwyddyn yn yr *Herald*!' Dyna oedd sylw Nansi, Llwyn-yr-eryr, wrthyf y dydd o'r blaen. Sy'n profi ei bod yn ddarllenwraig ryfeddol o fanwl ac o gofus. Rywsut neu'i gilydd, fe lithrodd y cofnod gennyf trwy ogr y golofn. Ond i unioni pethau, dyma edrych ar y dyddiadur, a sylwi mai'r diwrnod oedd Ionawr 23ain.

Pan ddaeth *Telynegion Maes a Môr* o'r wasg gan Eifion Wyn, mae'n rhaid bod gaeafau dechrau'r ganrif yn fwy oediog, am i'r bardd fynd fis a mwy ymhellach cyn medru cyfarch yr eirlys:

> Beth a welais ar y lawnt,
> Gyda wyneb gwyn, edifar?
> Tlws yr eira, blodyn Mawrth,
> Wedi codi yn rhy gynnar.

Ac i ddychwelyd at y Chwefror cignoeth, fel hyn y sieryd Eifion Wyn ag ef, gan italeiddio'i orchymyn ar ran yr ŵyn (a fyddai'n ddiweddar mewn amaethu heddiw.)

> Chwŷth, aeafwynt, fel y mynnot–
> Cladd y mynydd dan y lluwch,
> Cladd y môr o dan yr ewyn,
> Chwŷth, aeafwynt, eto'n uwch;
> Ond pe clywit ar ryw dalar
> Oenig cynnar yn rhoi bref
> Tro oddi wrth y dalar honno,
> *Paid â chwythu arno ef.*

I oedi mymryn eto gyda'r wythnosau oerion hynny, diddorol oedd gweld newid hefyd ym mhatrwm teulu'r adar a ddaw i ymborthi yma bob gaeaf. Eleni, mynnodd haid o ddrudwy cecrus ymuno â ni, a thybed ai hynny oedd y rheswm fod llai nag arfer o adar-to a thitw o gwmpas y lle? Fe arhosodd y robin goch yn ffyddlon yn ôl ei fawr ofal am diriogaeth. A mynnodd y dresglen oedi yma hefyd dros y tywydd caled. Nid oedd neb arall o'i thylwyth gyda hi, ac er iddi fagu partneriaeth glòs â'r aderyn du, eto tueddai i chwythu'n fygythiol ar y drudwy. (Credaf mai enw William Williams, Tyngors, gynt, ar y dresglen oedd 'Robin Goch Fawr'.)

Am fod cryn siarad amdano yn y gymdogaeth, cyn diwedd Chwefror aethom i ben draw Cwmystradllyn i gael golwg arno. Y llyn llydan yn rhew drosto, a'i donnau wedi'u dal yn grawennau gwynion yn eu hunfan. Roedd y gwynt y pnawn hwnnw'r peth mwyaf trywanol a brofais fawr erioed, a syndod oedd edrych ar yr afon arferol fyrlymus wedi rhewi'n gorn. Wedi rhewi yn ei gwely hi'i hunan.

Yn wir, bu'r wythnosau diweddar hyn yn 'ddyddiau o bob cymysg', chwedl Pantycelyn—y Frenhines yn wynebu protestiadau brithion yn Seland Newydd—cawod o wyau, a pheth dinoethi cyrff. Y teyrn Marcos yn ffoi o Ynysoedd Philipin, a'r weddw Cory Aquina yn dod i'r orsedd. Prifweinidog Sweden yn cael ei saethu ar strydoedd distaw Stockholm. Elfennau cemegol peryglus yn llygru'r awyr yn Sellafield, a sôn am anhap debyg yn Atomfa Trawsfynydd. Bu hefyd gyffro yng Ngorsaf Ynni Dinorwig, gyda thân yn bygwth galanastru un o'r neuaddau tanddaearol.

Chwefror wedi fferru pawb, Mawrth yn lladd ac Ebrill am flingo. Bydd yn dda gweld y gwanwyn.

(Mawrth 15ed)

Y Cydymaith

Llyfr tra rhyfeddol yw *Cydymaith i Lenyddiaeth Cymru* a olygwyd gan Meic Stephens, gwaith a gymerodd wyth mlynedd i'w gwblhau. Ar un wedd, mae'n tebygu i'r *Bywgraffiadur Cymreig* a ddaeth allan yn 1953. (Onid yw'r newid yng ngwerth arian yn syndod o beth? Pris hwnnw bryd hynny, llyfr o faintioli'r Beibl ymron, oedd dwy gini.)

Roedd agos i bedwar cant o ysgrifwyr wedi cyfrannu at y *Bywgraffiadur*, a nifer cyfranwyr y *Cydymaith* ychydig dros ddau gant. Un gwahaniaeth (o blith nifer) rhwng y ddau lyfr yw fod enwau'r awduron o dan bob cyfraniad yn y *Bywgraffiadur*. Yn y *Cydymaith* fodd bynnag, ni ddatgelir enw neb o dan y cynhyrchion, dim ond eu rhestru ar y cychwyn yng ngholofn 'Cyfranwyr'. Ond wrth droi'r dalennau, difyr yw ceisio dyfalu arddull pa awdur a geir mewn ambell erthygl.

Peth arall sy'n digwydd yn anochel yw bod darllenydd yn ei gael ei hunan yn picio hwnt ac yma trwy'r cynnwys wrth i'r cyfeiriadau gwerthfawr awgrymu sawl trywydd hela. Er enghraifft, o daro llygaid ar 'Kilsby Jones', dyweder, eglurir bod cofiant amdano gan Vyrnwy Morgan. Gan hynny, chwilota am hanes y gŵr hwnnw, a dod i ddysgu llawer amdano yntau. (Cofiaf gael gafael ar y 'Cofiant' hwnnw sbel yn ôl mewn siop llyfrau ail-law.)

Gyda chasgliad mor gynhwysfawr, fe godwyd eisoes rai cwestiynau i'r gwynt, a bu gofyn sawl pam. Pam nad yw enw Norah Isaac a Jennie Eirian yn y gyfrol? Hawdd fydd pentyrru ychwaneg o holiadau: os yw'r paffiwr Freddie Welsh yn y *Cydymaith i Lenyddiaeth Cymru*, pam na soniwyd am wŷr diwylliedig fel Gruffudd Parry ac Ifor Bowen Griffith? Ac os cynnwys Jubilee Young, pam nad Tom Nefyn? A beth am Idwal Jones, Llanrwst? Ac ymlaen y gellid mynd fel yna . . .

O dan y golofn sy'n disgrifio 'englyn', fe ddyfynnir gorchest Tegidon fel enghraifft deg. Ond fe gynnwys y llinell gyntaf wall dwys iawn, sef 'Yr eiddilaf i'r ddeilen'. Yn lle 'ir' (*fresh*), ceir 'i'r' (*to the*). Gyda llaw, yn *Oxford Book of Welsh Verse*, nid 'eiddilaf' yw'r ansoddair ond 'eiddilaidd': 'Yr eiddilaidd ir ddeilen . . .'

Digon hawdd yw nodi brychau, bid siŵr, a thecach yw brysio i ddweud y bydd y *Cydymaith* newydd hwn yn faes i bori ac i aredig ynddo am flynyddoedd i ddod.

Rheilffordd Portin-llaen

Mae wythfed rhifyn ar hugain *Y Casglwr* wedi cyrraedd, ac yn cychwyn eleni ar ei ddegfed blwyddyn gyda'i aelodaeth dros fil erbyn hyn. Fel arfer, y mae'n llawn amrywiaeth o 'bob peth printiedig' fel y mae wedi honni o'r cychwyn cyntaf. Yr hyn sy'n arbennig ddiddorol i mi y tro hwn yw erthygl Ioan Mai Evans, gyda map manwl yn dangos rheilffordd yn ymestyn o Bwllheli am Bortin-llaen. A hwnnw'n fap o'r ganrif ddiwethaf!

Eglurir mai'r gŵr brwd am osod y rheilffordd honno oedd William Alexander Madocks, a gododd y Cob ar draws y Traeth Mawr. Sonnir hefyd am Wyddel o'r enw Henry Archer yn paratoi cynlluniau i gael trên i redeg o Lundain i Bortin-llaen, gyda phorthladd yno i gyplu â llongau am Iwerddon. Syndod yw deall y bu cyfarfod cyhoeddus yn Nulyn wrthi'n ystyried y fenter hon.

Ond yn y cyfamser (ys dywed y nofelau cyffrous) yr oedd Robert Stephenson eisoes wedi pontio afon Menai, a phan gyplwyd lein y trên o Gaer i Gaergybi, ac wedyn cydio lein y Cambrian wrth Gaernarfon a Phwllheli, a thua'r Bermo, roedd porthladd Caergybi wedi achub y blaen mewn masnach harbwr, gan adael Portin-llaen yn ddim ond breuddwyd.

(Ebrill 19eg)

Bob Geldof

Diwrnod i'w gofio oedd Sul olaf Mai pan drefnodd Bob Geldof gyrch at liniaru cyflwr y newynog sy'n marw wrth y miloedd yn Ethiopia a'r gwledydd cyfagos. Mae dawn a gwelediad y Geldof hwn yn medru chwalu'r ffiniau cenedlaethol a gwleidyddol gan fwrw pob biwrocratiaeth o'r neilltu. Felly y llwyddodd i gael sbortsmyn y gwledydd i redeg gyrfa egnïol at godi arian.

Am bedwar o'r gloch y pnawn Sul hwnnw o Fai, aeth y ddaear gron i ddechrau rhedeg, a hynny heb falio prun ai pnawn golau oedd hi yn Llundain ai ynteu nos dywyll yn Auckland. Clywyd bod hyd yn oed benaethiaid y gwahanol wledydd wedi ymfwrw i'r hwyl redeg, a bod y syniad wedi cydio ar draws Ewrop, Rwsia, Japan, America, Affrica, India . . .

Â benthyca'r hen emyn cenhadol hwnnw, 'aeth sain yr utgorn arian mawr ymlaen trwy'r anial dir', a chyda fflam y rhedwr o'r Swdan, y mae gobaith eto'n olau.

(Mehefin 7fed)

Plant gofidiau

Min hwyr teg o haf oedd hi, a minnau'n galw hwnt ac yma i ymweld. Pan elwais gydag un cyfaill claf, roedd yn lledorwedd yn ei gadair, yn llwydaidd a di-ynni.

'Mae golwg haul a gwynt arnoch chi,' meddai wrthyf. 'Lle'r ydach chi wedi bod?'

'Newydd ddod i lawr o ben yr Wyddfa,' atebais. Ond ar yr un eiliad, wrth sylweddoli mor wahanol oedd ei gyflwr corfforol ef, ceisiais grafangu am gysur iddo, a dweud, 'Wel, mae dyddiau'r haf yma o'ch blaen chi rŵan. Mi ddowch chitha i gryfhau gan bwyll.'

Ond realydd gonest oedd y claf hwn. Edrychodd yn fwyn i fyw fy llygaid, fel petai'n gwybod yn iawn mai palfalu am galondid ar ei ran yr oeddwn. Yna'n dawel a phwyllog dechreuodd ar yr hen bennill:

Hawdd i'r iach a fo'n ddiddolur
Beri i'r afiach gymryd cysur;
Hawdd dywedyd 'Dacw'r Wyddfa!'
Nid eir drosti ond yn ara'.

Nid oedd un ias o surni yn ei lais. Fe'i hadroddodd gyda charedigrwydd y gwrol ym mhob sill. Fel petai'n rhoi ar ddeall imi fy mod yn gwybod yn iawn ei fod yntau'n gwybod nad oedd obaith cryfhau yn ei hanes ef mwyach. Ac felly, er bod cyflwr corff y ddau ohonom mor wahanol, eto mewn ysbryd yr oeddem ein dau ar yr un un donfedd yn union a'r cyd-ddeall yn grwn o'r ddeutu.

Pan gerddais allan ar ôl seiat more gynnes gyda'm cyfaill, bûm yn meddwl am y dewrder tawel oedd o'i gwmpas, fel a geir mor fynych yn hanes teulu'r poen a'r pla. Meddwl hefyd, er mor arteithiol yw profiad plant gofidiau, fod gweld eu dygnwch a'u sirioldeb hwy yn wers i bawb ohonom, yn enwedig ni sy'n iach a heini.

Ac yna daeth rhyw bwl o gywilydd drosof am gwyno mor aml ynghylch pethau pitw a llwyr ddibwys.

(Gorffennaf 5ed)

'Hen bethau angofiedig'

Wrth drafod y tro ar fyd yng nghefn gwlad, soniodd cyfaill wrthyf fel y mae geiriau arbennig yn diflannu oddi ar dafod yr ardalwyr. Aethom ati i geisio cofio'r rhannau sydd mewn pladur fel coes (ai troed?) a dwrn a llafn, a'r ffrwyn, sef mancydio'r llafn wrth y goes. Ac yno roedd y fodrwy, sef hyd o fetel tenau a yrrid yn drithro a mwy i sicrhau cydiad diogel.

Cofiaf y diweddar Henry Lloyd Owen yn nodi'r eirfa am y ceffyl a'i harnais cyn i'r tractor gymryd ei le. Roedd i'r anifail urddasol hwnnw fwng a rhawn a phalfais a chastar; roedd iddo lwynau a chrwper a thyniewyn, ac ar ei goesau yr oedd penclwn, egwyd a charnau–a'r llyffant, sef y rhan fewnol, feddal o dan y carn. Wrth wisgo ceffyl ar gyfer gwaith, rhoddid penffrwyn a masg am ei ben, gydag awen, neu dennyn i'w gyfeirio a'i dywys. Gwisgid amdano goler a mwnci a chefndres gyda chengl rhwng y dordres a'r dindres. Credaf y byddai Lloyd Owen yn galw'r dindres yn 'fontin' yn ogystal.

Ym myd olwyn wedyn, both yw ei chanol hi, gydag edyn (*spokes*) yn ymagor ohoni i'w sicrhau mewn camog, a'r cyfan oll yn waith coed, wrth gwrs. Yn cloi'r camogau'n derfynol yr oedd y cylch haearn hwnnw, a 'losgid' mor grefftus i'w le gan y gof.

Am fyd yr aradr, gwelaf imi nodi ar bwt o bapur yr enwau dyrnau (neu gyrn), edyn, heglan, gwadn, cebystr, swch, arnodd (arnold), a chopstol. Mae'n rhaid mai'r rhaglen 'Byd Natur' oedd ar fynd, am y sylwaf fod ar un papur bennill tri-thrawiad a gefais gan Elwyn Morris, yn disgrifio'r math o goed a ddefnyddid i saera'r hen aradr bren:

Arnodd o wernen, a chebyst banhadlen,
A gwden o gollen a gollodd ei brig,
A chyrn eithin crinion, sydd gan y glân hwsmon,
Anhwylus, a hoelion o helyg.

Sylwer ar y gair 'cebyst', neu 'cebystr'. Onid oes cebyster o fath arall hefyd, sef y tennyn sy'n atal ceffyl, yr *halter*? Cofiaf wraig o Geredigion yn bygwth un plentyn anhydrin: 'Mae isie'i gebysto fe!' Sef troi'r tu min at y bychan, i ddofi mymryn arno.

(Medi 6ed)

Sŵ Bae Colwyn

Wrth wylio'r creaduriaid amrywiol a welir mewn sŵ, y mae dau deimlad yn ysu dyn, dau deimlad sy'n gwbl groes i'w gilydd. Ar y naill law, y llawenydd o'u gweld, ar y llaw arall, y tristwch eu bod yno o gwbl.

Heb os, y mae dwy ochr i'r ddadl. Trwy'r sŵ, onid ydym ni yn y rhan hon o'r byd yn cael cyfle dethol (a'r unig gyfle mewn oes) i weld y gwylltfilod a'r ymlusgiaid a'r adar dieithr hyn? At hynny, dylid cofio bod y filodfa'n gofalu porthi pob creadur yn dra helaeth, porthiant na allai'r creadur fod yn siŵr ohono o gwbl yn ei gynefin. Canys yn y gwyllt, y mae hi'n frwydr aruthrol i ymgynnal, ac yno'n fynych gall y newyn droi'n lladdwr. Trechaf treisied, gwannaf gwaedded yw hi yno. Gellir mynnu hefyd fod y filodfa wedi arbed bywyd nifer o'r creaduriaid hyn am y byddai'r herwhelwyr yn eu gwlad hwy wedi lladd yr eliffant am ei ysgithr-ddant, neu'r llewpart a'r crocodeil am eu crwyn.

Gyda meddyliau felly yr euthum tua'r Sŵ Fynydd uwchben Bae Colwyn. Ac wrth rodianna yn y fangre, trodd y fantol o blaid y lle. Mae'r sŵ hon mewn llecyn hyfryd, a heb un ddadl, mae'r perchenogion a'r gweithwyr yn gwarchod yr erwau gyda balchder a gofal canmoladwy iawn. Roedd pob creadur a welais yn cael ei wala â'i weddill, yn llyfndew braf, a phrin y byddai graen felly arnyn nhw yn y gwylltiroedd pell.

Yn ogystal â hynny, roedd eu hamgylchfyd yn lanwaith, a llawer llecyn yn cyfateb yn burion i'w cynefin gwreiddiol. Ar un llaw, mae'r gerddi a'r borderi blodau'n cael eu cadw'n hyfryd o ddestlus, ac ar y llaw arall, gadewir i aceri o leiniau coediog dyfu'n naturiol fel lloches a magwrfa ddelfrydol i'r bywyd gwyllt.

Yn y coedydd roedd nifer o adar tramor mewn cewyll enfawr. A digrif oedd gweld robin goch yn picio'n ôl a blaen trwy ffyn cawell y condor! Sylwi hefyd ar wiwer lwyd yn mynd a dod i ffau rhyw greadur arall—y peth oedd yn fath o garchar i'r naill yn troi'n gegin-fwyta i'r llall.

Pengwyn Gorsedd y Beirdd

Fe ddysgais lawer yn y filodfa wrth holi'r adarydd, Ted Breeze Jones, y milfeddyg Gwynn Llywelyn, a Twm Elias, yntau, sydd mor hyddysg ym myd llysiau ac ymlusgiaid. Cofiaf syllu'n addolgar ar y llewpart gyda'r 'ceiniogau' tywyll ar ei gôt felen. Yn ei ymyl, yng nghangau'r goeden, gorffwysai panther du a'i lygaid gwyrdd yn fflachio fel gwydrau. Ond dysgodd Gwynn fi mai llewpart yw'r panther, yntau, gan ddangos fod ar gôt loywddu'r panther geiniogau, yn union fel y llewpart. Ac yn wir, pan greffais yn fanwl arno'n uchel o dan olau'r awyr, yr oedd y patrwm hwnnw'n glytiau eglur ar ddüwch y blew.

Peth arall a ddysgais oedd i'r stad hon o 37 erw fod yn eiddo ar dro'r ganrif i lawfeddyg o'r enw Walter Whitehead, bod y meddyg wedi noddi Gorsedd y Beirdd pan oedd y Brifwyl ym Mae Colwyn yn 1909, ac iddo bryd hynny gael yr enw barddol 'Pengwyn'. Mae beddrod yr hen feddyg ar un o'r llethrau lle saif y filodfa. Ac ar y trum rhwng llyn y morloi a phwll y pengwyn y mae meini Gorsedd 1909 yn aros hyd heddiw.

(Medi 27ain)

'Personal Calculator'

Fe all fy mod yn y pen chwithig i fywyd i fedru cymryd ato. Prun bynnag am hynny, mae'n amhosib ffoi o ŵydd ei deulu mewn siop a swyddfa ac ysbyty, mewn modurdy a gwesty a banc. Saif y compiwtars yn flychau gwydrog, trydanus, ar ddesg a bwrdd a chownter gyda bysedd y rhai sy'n deall yn pwyso botymau nes bod y sgrin yn tasgu trwy gyfresi o rifau gwyrddion cyn cyrraedd at ryw ddyfarniad ofnadwy o derfynol. A hyd y gwelaf, ni faidd neb amau dedfryd y robot pefriog hwn.

Y peth agosaf a feddaf i at arswyd o'r fath yw anrheg a gefais rai blynyddoedd yn ôl. Ei enw yw *Casio Personal M-l*

Electronic Calculator. Rhyw sleifar main ydyw, llond cledr o rifau a botymau sy'n barod i luosi a thynnu a rhoi a rhannu ac ati. Er yr honnir ei fod yn abl i ganfod canran symiau, a phlymio i dywyll fyd pethau fel *square root* a'u tebyg, ni phoenais erioed mo'r teclyn mewn meysydd pygddu o'r fath. Ar brydiau, byddaf yn amau ei fod yn teimlo'n flin wrthyf am fod mor ddiystyr o'i ddirfawr bosibiliadau.

Pan af ato (ac nid yw hynny'n aml) fe'i defnyddiaf i weithio ambell sym syml. A hyd yn oed wedyn, fe weithiaf y sym fy hunan ar bapur, jest i wneud yn siŵr fod y *Casio* yn gwybod ei stwff. Mi wn yn bendant ei fod yn medru protestio. Fe ddigwydd hynny os byddaf wedi'i orlwytho'n ddiangen trwy ofyn iddo luosi rhifau sy'n ynfyd o drymion. Yr adeg honno, bydd yn troi'r tu min ataf gan lyncu'i rifau ei hun i'w berfedd fel canibal. A'r cwbl a ddengys y *Casio* imi fydd y briflythyren E, beth bynnag yw ystyr honno. Dyna pryd y byddaf innau'n cael digon arno, yn ei ddiffoddi, a'i ollwng i dywyllwch y drôr, a'i adael ef a'i dempar yno am fis neu ddau.

Smith-Corona

Ond y mae gennyf beiriant o fath arall. Er fy mod wedi pwnio'i feteloedd yn feunyddiol ers blynyddoedd maith, ni fethodd ag ymateb un waith. Ac wrth edrych arno ddoe, daeth ias o gywilydd trosof am imi'i gymryd mor ganiataol bob bore o newydd.

Sôn yr wyf am fy nheipiadur. Ni wn am yr urddasolion ym myd peiriannau felly; mae'n bur debyg fod *Rolls Royce* a *Mercedes* ac *Alfa Romeo* yn urdd y teipiaduron hefyd. Er na thybiaf fod f'un i yng nghynghrair yr uchel dras, mae'n ddyletswydd arnaf, ac yn fraint gennyf gyhoeddi'i enw yng ngŵydd y byd, gan dystio mai *Smith-Corona* ydyw.

O ystyried yr holl golbio sydd wedi bod ar ei forthwylion a'i echelydd, rwy'n synnu na fyddai wedi ymddrysu bellach, a threulio allan o fod. Gwelais bethau drutach yn chwalu ar lai. Mae'n hŷn heddiw nag erioed, ond fel hen ffon fy nain, nid yw lawer gwaeth. Wele rai ystadegau: ei oedran, ugain mlynedd. Ei bris, deunaw punt. Yng nghwrs y cyfnod hwnnw, wrth iddo deipio nifer o gyfrolau imi, beth am gysidro hyn? I'r llyfrau hynny gyda'i gilydd gynnwys cryn 300,000 o eiriau. Gan gymryd fod un gair yn bedair llythyren ar gyfartaledd, dyna gael 1,200,000 o lythrennau. Yn ogystal â llyfrau, y mae'r *Corona* bach wedi teipio'r golofn wythnosol hon i'r *Herald* ers wyth mlynedd bron, gyda phob colofn oddeutu 750 o eiriau. Cyd-ddigwyddiad rhyfedd yw bod 400 erthygl felly'n cynnwys tuag 1,200,000 o lythrennau. Gan hynny, rhwng y cyfrolau a'r *Herald*, dyna gyfanswm o 2,400,000 o lythrennau.

Diben y mathemategu diflas uchod yw profi bod y *Smith-Corona* wedi morthwylio'r miliynau yna o lythrennau metel, a hynny heb dagu un waith. A chan mai teipiadur ydyw, y mae ynddo sawl sgriw a sbring ac echel sy'n symud, tynhau, bachu, cydio, gollwng, ac yn troi sawl canwaith yng nghwrs y gwaith o deipio. Sylwaf hefyd, bob tro y daw i ben eitha'i linell y bydd yn canu cloch dan sglefrio'n swnllyd at-yn-ôl ar ei reiliau a tharo'r pen arall gyda chlec sy'n rhoi sgegfa i'w holl gyfansoddiad. Heblaw hynny, y mae arno nifer o fotymau ac ambell lifar sy'n peri i'w goluddion godi neu grensian (fel car yn newid gêr) er mwyn iddo droi llythyren fach yn briflythyren, neu danlinellu gair neu redeg yn wag ar gyfer gadael bwlch. Hyd yr awron, mae'n cyflawni'r cwbl oll yn lân a chymen, heb un sgriw wedi llacio ynddo, hyd y gwn i.

Heddiw felly, dymunaf gyflwyno'r golofn i ganmol y teclyn bach gwydn hwn, a chydnabod fy nyled iddo trwy feiddio tynnu cwpled Williams Parry o'i chyswllt er ei fwyn:

Ow! Fory-a-ddilyn-Heddiw-a-ddilyn-Ddoe:
Pa hyd y pery echelydd chwil y sioe?

(Nodiad: Erbyn 1992, a'r teipiadur bach chwe blynedd yn hŷn, y mae'n dal i golbio ar yr un raddfa â chynt, ond heb argoel diffygio.)

(Hydref 11eg)

Wal Fawr Tseina

I mi, roedd ymweliad y Frenhines â Tseina yn addysg am y wlad bellennig honno. A chystal cyfaddef i ryfeddodau'r daith fy nghyfareddu'n lân. Er i Tseina fod yn wlad 'gaeëdig' am lawer o flynyddoedd, mae hanes ei gorffennol pell yn dyst i athrylith y Tseineaid.

Yn y flwyddyn 132 O.C., roedd astronomydd o'r enw Chang Heng wedi dyfeisio rhagflaenydd i'r seismograff, sef teclyn i fesur cryndodau pan ddigwydd daeargryn. Llestr mawr fel casgen oedd hwnnw, yn wyth troedfedd o daldra, gydag wyth draig yn hongian dros ei ymyl. Yn gylch o dan y llestr, ac yn union gyferbyn â'r dreigiau uchod, yr oedd modelau o wyth llyffant a'u cegau'n fythol agored led y pen. Yn safn pob draig roedd pelen fechan, a phan siglai daeargryn y llestr fymryn ar ogwydd, byddai safn fecanyddol un o'r dreigiau yn agor gan ollwng ei phelen i lawr i geg agored y llyffant odani. Gan fod y modelau wedi eu gosod ar union lwybrau'r cwmpawd, gellid canfod ar unwaith o ba gyfeiriad y gweithiai'r ddaeargryn.

Draw, draw yn Tseina hefyd y mae'r Wal Fawr a godwyd dros ddwy fil o flynyddoedd yn ôl. Tystia gwŷr rocedau'n hoes ni mai Wal Fawr Tseina yw'r unig gyflawniad o orchest dynion ar y ddaear hon sy'n ddigon amlwg i'r rocedwyr fedru'i hadnabod o uchelderau'r gofod. A pha ryfedd! Onid yw Wal Fawr Tseina yn 1,684 o filltiroedd mewn hyd, ac yn ymdroelli dros fryn a phant o aber afon Hwang Ho draw at wylltiroedd pell Canolbarth Asia? Mae trwch y Wal yn arswydus, gyda thŵr deugain troedfedd arni bob daucanllath. Gwastrodwyd degau o filoedd o gaethion i lafurio ar y dasg, a thybir, cyn i'r gwaith gael ei orffen, fod miliwn a mwy wedi marw wrth y gorchwyl.

Milwyr y bedd

Efallai mai'r rhyfeddod gyda'r odiaf erioed yw'r beddrod anferthol hwnnw a ddarganfuwyd trwy ddamwain ddeuddeng mlynedd yn ôl. Wrthi'n tyllu'n ddwfn am ffynnon yr oedd dau weithiwr pan ddaethant ar draws delw bridd o filwr. Yn fuan wedyn, cawsant fod y domen fel nyth morgrug o filwyr. Xi'an oedd y lle hwnnw, man eithaf dinod ar y pryd, nes i'r darganfod hwn ei anfarwoli.

Eto, ar un adeg, ymhell cyn Crist, roedd Xi'an yn ddinas gyda phoblogaeth o filiwn, ac Ewrop namyn cyfandir distadl yn ei blentyndod. Yn ninas Xi'an, meddir, y trigai ymherodr gydag angau'n obsesiwn ynddo. Roedd y teyrn wedi penderfynu'n gynnar yn ei fywyd y byddai'n gwneud ei farwolaeth ei hunan yn beth na feiddiai neb ei rheibio. Gan hynny, gorchmynnodd ei grefftwyr i dreulio'u hoes yn modelu byddin ynghyd â cheffylau i'w claddu gydag ef pan ddôi'r amser. Byddai'r rheiny wedyn yn amddiffynfa ddiogel iddo yn y byd tu hwnt i angau.

Er bod dros ddwy fil o flynyddoedd wedi pasio oddi ar pan oedd y teyrn ofergoelus wrthi'n paratoi'i fater gydag Angau Gawr, newydd ddod i'r amlwg y mae'r bedd dwfn ac eang hwnnw yn ninas Xi'an. Canys yn nyfnderoedd maes y gladdfa, canfuwyd miloedd ar filoedd o filwyr llawn faint yn rhesi trefnus mewn *terracotta*, sef defnydd potyn neu glai wedi'i grasu'n ddisglair galed. Mae chwe mil o'r milwyr hyn yno gyda'u ceffylau, a thybir bod cryn ddwy fil yn aros eto heb eu cloddio i'r wyneb. Milwyr a meirch yn barod am frwydr na ddaw hi byth! (Byddai'n braf medru dweud yr un peth am domennydd arfau niwcliar ein hoes ninnau.)

Cyn i'r canrifoedd eu pylu ym mhridd eu claddfa, dywedir bod y delwau ar y cychwyn wedi eu peintio'n dra lliwgar, a'u bod wedi eu mowldio hyd y manylyn lleiaf. Syndod pellach, fodd bynnag, yw fod y milwyr potyn wedi torri'n dameidiau pan gloddiwyd hyd atyn nhw, ond i grefftwyr Tseina fod wrthi'n anhygoel o ddiwyd a chywrain yn ailgydio'r darnau oll wrth ei gilydd.

(Tachwedd 1af)

Pyramidoleg

Byddid yn dueddol o feddwl am neiniau a theidiau'r hen oes fel pobl heb addysg, ar wahân efallai i chwarter o ysgol. Roedd cyfnod hir o addysg, a chwrs mewn coleg yn llwyr allan o'u byd ac o'u cyrraedd. Am hynny, pan ddaeth ysgol ganolraddol ac uwchraddol yn batrwm bywyd i'w disgynyddion bychain, fe dyfodd sawl stori drwsgl o gylch yr hen bobl, fel y taid hwnnw'n gofyn i'w ŵyres, 'Fedri di ddeud brawddeg mewn Algebra?' Neu'r stori honno am Joni Bach yn rhedeg adre o'r ysgol yn ei ddagrau, a'i nain yn holi beth oedd yn bod:

'Yr athro sy wedi 'nghuro i.'

'Am be, 'ngwas i?'

'Am na wyddwn i lle'r oedd Sgandinafia.'

'Dyna wers iawn i titha,' meddai Nain. 'Pam na chadwi di betha lle cei di hyd iddyn nhw?'

Y ffaith, fodd bynnag, yw fod addysg wedi cerdded yn drwm oesoedd lawer cyn geni taid na nain na Joni Bach. Filoedd lawer o flynyddoedd yn ôl, onid oedd cewri yng ngwlad Groeg yn ymrafael ag athroniaeth a drama, ac â mathemateg a phensaernïaeth? A bod teml y Parthenon ar acropolis Athen yn cael ei chyfri'n un o ryfeddodau mawr y ddaear?

Ystyrier wedyn y pyramidiau hynny yng ngwlad yr Aifft, y mesur manwl a'r pwyso hir oedd ar fynd cyn mentro codi'r rheiny. Dywed y rhai sy'n astudio pyramidoleg fod cyflawniad y penseiri a'r adeiladwyr yn un hollol anghredadwy. Nid ar ddamwain nac wrth fympwy y pennwyd siâp a maint a gogwydd y pyramid, ond ar gasgliad o fesurau oedd yn aruthrol astrus. Cydnabyddir bod yr Eifftiaid yn llwyr wybyddus o raddau'r haul a'r lleuad a'r sêr, a bod golau a chysgod y rheiny ar dro pob tymor yn taro ar onglau'r pyramid gyda phrydlondeb sydd yn fathemategol berffaith. O ble, a sut y datryswyd campau geometrig felly, a'u gweithio i'r fath adeiladau trionglog, nid oes neb hyd heddiw wedi deall yn iawn.

Mae pranciau mathemategol fel hyn y tu hwnt i'm darfelydd i. O ran hynny, byddai syms pitw dyddiau ysgol yn fy llorio'n deg a'm dychryn yn llythrennol. Byddwn yn ffoi rhagddyn nhw i bob cyfeiriad, i'r coed, i'r mynydd, i'r traeth; yn dianc o'u golwg i fyd arlunio, barddoniaeth, miwsig . . . fe swatiwn yn y gilfach bella'n bod i osgoi rhifau a rhifo.

Eto, y dydd o'r blaen, wrth gipio trwy gylchgrawn, cefais fy nal gan y sym ryfeddaf, os sym hefyd. Am ei gwerth, dyma hi:

> meddylier am unrhyw rif o un i naw,
> lluoser hwnnw â thri,
> ychwaneger un ato,
> lluoser gyda thri eto,
> ychwaneger y rhif gwreiddiol at y cyfan
> (dylai orffen â'r rhif 3)
> croeser y 3 olaf hwnnw ymaith–
> y rhif sy'n aros yw'r un a ddewiswyd ar y cychwyn.

Yntê, mewn difri? Beth yw'r egwyddor y tu ôl i'r fath glandro, ni wn. Dim ond ei bod yn gweithio. Gan gyfaddef fod yna egwyddor fathemategol mae'n siŵr, eto llawer mwy cymhleth na hynny yw'r meddwl dynol a ddarganfu'r ffasiwn egwyddor. Sut aeth neb ati i bendroni fel hyn sydd gwestiwn dyrys. Ond cwestiwn mwy dyrys fyth i mi yw pam yr aeth neb ati i ddechrau! Yn bersonol, rwy'n llawer hapusach o dderbyn haeriad Syr Thomas yn ei gerdd 'I'm Hynafiaid':

> Mi gefais nerth o fêr eich esgyrn chwi
> I goelio, dro, fod un ac un yn dri.

(Rhagfyr 13eg)

1987

Wynford Vaughan Thomas

Yn ystod wythnos gyntaf Chwefror, bu farw'r Sgotyn tal, esgyrnog, Fyfe Robinson, darlledwr pur arbennig yn ei gyfnod. Yn yr un dyddiau, bu farw Wynford Vaughan Thomas, yntau. Treuliodd y Cymro anturus hwnnw'i oes yn teithio dros y byd gan ddarlledu ac ysgrifennu.

Daeth i'r amlwg fel gohebydd radio llithrig yn sylwebu ar hynt y rhyfel diwethaf. Bu'n disgrifio mileindra'r ymladd ar feysydd y gad, yn yr awyr, ac ar foroedd. Yr oedd ymysg y rhai cyntaf i weld erchylltra'r gwersylloedd marwolaeth a luniodd y Natsïaid, a bu hynny'n ysictod i'w ysbryd ac i'w ffydd.

Roedd egni a sirioldeb Wynford Vaughan Thomas yn ddiarhebol. Hyd yn eithaf diweddar, yr oedd wrthi ar ryw daith neu'i gilydd ar hyd a lled Cymru, yn cwrdd â'r trigolion hwnt ac yma, gan ddarlledu'r cyfan mewn brwdfrydedd llawen â llifeiriant o eiriau. Byddai wrth ei fodd yn amrywio'i ddull o deithio,–weithiau mewn cwch, weithiau ar droed, bryd arall ar geffyl.

Roedd yn fab i'r cerddor, Dr David Vaughan Thomas, gŵr disglair a allasai'n hawdd fod wedi ymenwogi fel mathemategydd, meddir. Bu ef farw yn Johannesburg yn 1934, ond fe ddoed â'i lwch yn ôl i ddaear Cymru, a'i gladdu yn Ystumllwyniarth, gyda'r Prifardd Crwys yn gwasanaethu yn ei angladd. Fel hyn y sgrifennodd Emrys Cleaver amdano yn ei gyfrol, *Gwŷr y Gân:*

> Dichon mai cân orau Vaughan Thomas yw 'Y Berwyn', gyda'i sylw manwl i acenion a chynghanedd y cywydd, ei chymalau cerddorol, gafaelgar, sy'n glynu yn y cof, y cynildeb artistig a'r cyfeiliant mawr celfydd. Pwy na all gael ei gyffwrdd gan yr uchafbwynt ar y diwedd ar y geiriau 'Ei graig fawr yn garreg fedd'? Bellach, ni allwn feddwl o gwbl am gywydd Cynddelw heb glywed acenion a chymalau mawr y gân hon.

Liberace

Cerddor o fath arall hollol a fu farw yr un wythnos oedd Liberace. Tystir ei fod ef yn bianydd clasurol ac eithriadol o ddawnus, ond iddo fod mor hirben (os dyna'r gair) â dewis cyfeirio'i dalent tua byd adloniant lled arwynebol. Aeth Liberace ati i wisgo'n llachar o fwriad, modrwyau talpiog am ei fysedd, a'i ddillad yn fflachio gan fotymau-cen a pherlau. Y canlyniad oedd fod ei berson, fel ei biano, yn un syrcas ar ganol y llwyfan!

Gyda'i wên orlydan a'i siarad melfed, talai cynulleidfaoedd mawrion yn helaeth am weld y pianydd siwgr hwn yn mynd trwy'i bethau, gyda'r canlyniad fod yr arian yn dylifo i'w goffrau gydol y blynyddoedd.

Er bod rhai beirniaid yn ei wastrodi am fod yn gymaint o gadi-ffan, eto roedd Liberace yn ddigon o lwynog i ofalu gwisgo'n lliwgar, a bod yn ganmolus o'i ddilynwyr, am y gwyddai fod ei ffortiwn yn cynyddu'n ddiogel wrth iddo ymddwyn felly tuag atyn nhw. Roedd pob croeso i'r adolygwyr ei dynnu'n gareiau os dymunent, meddai Liberace cyn llefaru'r frawddeg glasurol honno: *'I'm crying all the way to the bank!'* (*laughing* medd rhai!)

Terry Waite

Mae gŵr arall yng nghilfachau'r meddwl ers rhai wythnosau bellach, gyda mawr ofal calon am ei hynt sy'n gymaint o ddirgelwch. Bu ef yn yr amlwg ers tro fel yr un a fyddai'n cael mynd a dod yn eithaf rhwydd i ddinas ddryslyd Beirut. Beth, felly, sydd wedi digwydd i Terry Waite?

Roedd yn fath o gyfryngwr rhwng yr herwgipwyr a'r carcharorion o Ewrop ac o America sydd dan glo yn eu selerydd. Fwy nag unwaith fe'i gwelwyd yn cerdded yn ddiymhongar mewn llawn ffydd i gyrion peryglus Beirut, heb arf yn ei law, namyn llond calon o eiriolaeth dros y rhai oedd yn gaethion. Ond ar ei ymweliad diweddaraf â'r ddinas, mae'n debyg iddo gymryd gormod yn ganiataol, druan, a phan ddaliwyd ef yn ddirybudd gan fintai o rai 'milain eu moes', fe ddarfu am bob anrhydedd. Rhywsut neu'i gilydd, cafodd Terry Waite, un ai ei gamarwain neu ei fradychu. Ac erbyn hyn mae yntau hefyd ymysg y nifer a herwgipiwyd.

(Nodiad: Ar Dachwedd 18fed 1991, wedi pedair blynedd o gaethiwed, cafodd Terry Waite ei ryddhau.)

(Chwefror 14eg)

Llwyth y Sanema

Rhaglenni pur gyffrous yw'r tair hynny yn y gyfres 'Everyman' sy'n cael eu dangos y dyddiau hyn–'Ar Drywydd El Dorado'–gyda Dafydd Owen yn sylwebu ar y daith a wnaed i dde America.

I'r cyfandir hwn y daeth y Sbaenwyr bum can mlynedd yn ôl. Yn eironig iawn, dod yno fel Cristionogion, a mynd oddi yno wedi rheibio'r trigolion o'u haur. Dywedir bod y boblogaeth Indiaidd, a fu'n ddeng miliwn, wedi diflannu erbyn heddiw hyd at hanner miliwn. Yn y fforest gerllaw dyfroedd Orinoco yn Venezuela, fe drig llwyth dirgel y Sanema, a'i batrwm o fyw heb newid fawr er Oes y Cerrig. Llwyth teuluol yw hwn, yn hela o ddydd i ddydd am gynhaliaeth yn y goedwig. Yn naturiol, o hela'n gyson yn yr un un parth mae'r anifeiliaid yn prinhau. Yr un modd hefyd, mae'r tir cyndyn, o'i hir drethu, yn blino a throi'n ddiffrwyth. Y canlyniad yw fod y llwyth bob hyn a hyn yn gorfod symud am lecyn newydd yn y fforest, ac ailgodi cartref yno lle bydd gobaith cyflawnder o gig ac o gnwd.

Wrth fyw'n naturiol fel hyn yn y gwyllt, ymhell o afael 'gwareiddiad', mae gan y Sanema (fel pob llwyth a fu erioed) eu patrwm o grefydd ac o ddefodau. Mae yn y bobl ofnau cyntefig ynglŷn ag afiechyd ac â'r ysbrydoedd tywyll sy'n llercian yn nwfn y coedydd. Oherwydd yr anifeiliaid y maen nhw'n eu bwyta, tybia'r llwyth fod ysbryd y mwnci a'r anaconda a'r tapir yn dial arnyn nhw, a'u poenydio'n flin. Enw'r ysbryd hwnnw yw *hekula*.

Gan hynny, fe drefnir defod lle mae llwch yn cael ei baratoi o risgl coed a deiliach. Mae sniffian y powdwr hwnnw'n codi pendro a medd-dod, ac yn deffro emosiynau dyfnion yn eu hymwybod. Pair iddyn nhw ochain a griddfan gyda chryn gynddaredd, a'u sŵn yn wir yn ddigon tebyg i rochian anifeiliaid. A chred y Sanema fod y bytheirio defodol hwn yn ymlid yr *hekula* yn ôl i'r fforest.

'Y Gristionogaeth'

Fodd bynnag, ers deuddeng mlynedd bellach, mae cenhadwr o'r enw Hernan wedi codi math o glinig, onid capel, o fewn cyrraedd i'r llwyth Sanema. Mae Hernan yno gyda darpariaeth feddygol a geriach modern ein hoes ni i geisio Cristioneiddio'r tylwyth hwn o'r coed.

Roedd dilyn hynt yr anturiaeth newydd hon yn gymysgedd o obaith ac o dristwch. Mae rhyw ddyrnaid o'r

Sanema'n honni eu bod wedi derbyn y grefydd newydd, a'u bod wedi carthu'r ofergoeliaeth allan o'u bywyd. Dyrys oedd sylwi ar nifer bychan o'r llwyth yn derbyn y Cymundeb o fara a gwin. Ond roedd y syniad o fwyta cnawd a gwaed Crist yn sawru'n anhyfryd o ganibaliaeth.

Y cyntaf un o'r llwyth i dderbyn y Gristionogaeth yw Mariano. Eto, roedd rhywbeth yn ddigalon yn ei gymhelliad, er na sylweddolai ef mo hynny, mae'n bur siŵr. I Mariano, byddai'n werth cefnu ar arferion ei hen grefydd a'i hofergoeliaeth am fod 'Cristionogaeth' y Gorllewin iddo ef yn gyfystyr â chael meddiannu petheuach y Gorllewin cyfrwys hwnnw. Nid yn unig y tabledi meddygol, y mwclis, a'r llestri tun disglair a ddôi'n eiddo i Mariano, ond hefyd yr aur. Dim ond iddo feddu golud yr El Dorado newydd, fe dybiai ef, yn ddiniwed, y gallai brynu popeth a ddymunai hyd fyth bythoedd.

Draw yn ninasoedd y dyn modern y gwelai ef ei nefoedd bellach. Addefodd mai'r delfryd ganddo oedd cael bod yr un fath â'r tramorwyr a ddaeth i'r goedwig i'w hudo. Ysai am y dydd y byddai llwyth y Sanema'n peidio â bod, ac ychwanegodd na byddai'n malio rhithyn wedyn am i iaith ei fam yn y fforest fynd i ddifancoll tragywydd. 'Byddwn ni a'n plant yn ymgolli yn y genedl Venezuelaidd,' meddai.

Mariano, druan bach. Gallaf ei weld, yr Indiad cydnerth o'r coed, wedi'i lethu gan y ddinas fawr, yn eistedd ar domen sbwriel ddrewllyd y dref, yn ddwys edifar. Yn wrthodedig gan bawb. Yn dlawd. Yn wag. Yn wael. Ei gorff hardd wedi'i ddifetha gan heintiau'r dyn modern, a'i feddwl syml wedi'i ddrysu y tu hwnt i obaith. Ac yntau'n sylweddoli ar y domen nad ymlaen yr oedd El Dorado. Nac yn ôl chwaith, bellach.

Tybed a ddaw'r dydd pan fedr Mariano ddyfalu nad yw achubiaeth yn dilyn cenhadaeth, o raid?

(Chwefror 21ain)

Zeebrugge

Ar nos Wener gyntaf Mawrth eleni, bu trychineb difrifol ger porthladd Zeebrugge yng ngwlad Belg: fferi Townsend Thoresen yn troi drosodd ar ei hochr heb un rhybudd i neb oll. Lliniarwyd mymryn bach ar enbydrwydd y ddamwain am i'r llong ddod i orffwys yn y man ar fanc tywod oedd yn gymharol fas. Petai wedi morio allan filltir neu ddwy ymhellach, mae'n ddiamau y byddai'r llong wedi troi'n gyfan gwbl â'i phen i lawr gan suddo i'r dyfnderoedd, a cholli pawb ar ei bwrdd, efallai.

Mae trychinebau eithafol fel hyn yn difrifoli pob un ohonom, ac yn aros ar ddalen hanes a chof. Fel enghraifft, y *Titanic* a'i thynged yn stori fythol drist. Felly hefyd yr awyren a fethodd godi o faes awyr Munich mewn storm eira, a lladd nifer o fechgyn tîm pêl-droed Manchester United. A dyna'r awyren arall honno wrth ddychwelyd wedi gêm rygbi o Iwerddon yn disgyn i'r ddaear ger y Bont-faen, a lladd y rhan fwyaf o'r teithwyr. A phwy sydd na chofia golledion Aber-fan?

Titan-ic?

Yn 1898, ysgrifennodd y llenor Morgan Robertson stori am long o'r enw *Titan*. Ei mordaith gyntaf hi oedd croesi tuag America. Hi oedd y llong fwyaf, a'r odidocaf, a adeiladwyd erioed. Roedd hi'n cynnwys cryn dair mil o deithwyr, yn gyfoethogion bob un. Ond methodd y *Titan* â chyrraedd pen ei thaith am iddi daro mynydd rhew, suddo, a cholli nifer dychrynllyd o fywydau. Hynny'n bennaf am nad oedd digon o gychod-achub ar ei bwrdd.

Cofier, sut bynnag, mai dychymyg Morgan Robertson yn unig oedd hyn oll, ac na bu'r ffasiwn long mewn bodolaeth. Dim ond mewn nofel. Eto, bedair blynedd ar ddeg ar ôl hynny, ar Ebrill 12fed 1912, digwyddodd un o'r trychinebau mwyaf erioed yn hanes morio. Suddiad y *Titanic* ger Newfoundland a'i fynyddoedd rhew.

Yr hyn sy'n anodd ei dderbyn yw fod manylion llongddychymyg Robertson yn cyfateb bron ym mhob manylyn i'r hyn a ddigwyddodd i'r *Titanic* fawr. Hyd yn oed y ffaith sobreiddiol nad oedd arni hithau chwaith ddigon o gychodachub.

Cyd-ddigwyddiad? Rhagrybudd? Ai beth?

(Mawrth 14eg)

Atlas Cymraeg

Dyma frysio i longyfarch y panel, nid yn unig am roi inni *Yr Atlas Cymraeg*, ond hefyd am ddewis y *Certificate Atlas* gan Gwmni George Philip i weithio arno. Mae'n hylaw, yn hwylus ac yn lliwgar, gyda'r 144 tudalen yn llawn i'r ymylon o wybodaethau o bob math am y ddaear hon y trigwn ni arni.

Pan brynais yr Atlas, sydd newydd ddod o'r wasg, a bras-bori trwy'r dalennau, daliodd fy llygaid ar enw 'Periw', a'm hatgoffa, bid siŵr, am yr emyn 'Pe meddwn aur Periw'. Cofiais wedyn mai sillafiad Parry-Williams oedd 'Perŵ'. Ac wrth gwrs, dyma'r chwilen sillafu'n cychwyn ar ei phrowl! Beth yw'r 'u' yn 'Peru', ai 'iw' (Periw) ynteu 'ŵ' (Perŵ)?

Troi'r dalennau eto, a gweld fod enwau fel 'Papua', 'Sudan', a'u tebyg wedi cael aros yn eu ffurf gysefin, heb eu troi yn 'Papiwa' na 'Papŵa'. Ond yna, o gofio enfawredd y llafur gyda'r Atlas hwn yn trin miloedd o eiriau, gyrrais fy chwilen boenus i'w chornel i swatio mewn cywilydd, a'i siarsio i aros yno!

O ddarllen erthygl yn *Llais Llyfrau* am *Yr Atlas Cymraeg* gan y golygydd a'r gweithiwr diflino hwnnw, Dafydd Orwig, ni allwn ond rhyfeddu at orchest y gwaith, sydd wedi cymryd chwe blynedd i'w gyflawni. Fel un yn llywio'r dasg trwy'r ffasiwn lafur, gwelwn fod gan Dafydd Orwig banel trwm a galluog. Medd y golygydd ymroddgar: 'Cyfarfu'r is-banel wyth gwaith, a'r gweithgor bymtheg gwaith, chwe gwaith am ddiwrnod a naw gwaith am ddeuddydd. Ofnaf imi fod yn dasgfeistr caled arnynt gan ein bod yn gweithio o ddeg y bore tan un ar ddeg y nos yn aml!'

Wrth adrodd hanes y llafurio dyfal, dywed iddo dderbyn 147 o lythyrau oddi wrth lys-genadaethau, 98 oddi wrth ysgolion gyda'u cyngor ar egwyddorion ac enwau lleoedd penodol, a 77 oddi wrth sefydliadau. Wele wybodaeth bellach, ynghyd â theyrnged gan Dafydd Orwig: 'Gwaith tîm yw'r *Atlas Cymraeg* . . . ac y mae'r ffaith bod holl waith y gweithgor a'r is-banel yn wirfoddol yn rhyfeddod ac yn esiampl i eraill, o gofio'r miloedd o oriau a dreuliwyd gennym yn craffu ar enwau mewn print mân ar fap.'

Ynghanol yr amrywiaeth o wybodaeth sydd yn yr Atlas hwn, mae'r Mynegai ar y diwedd yn addysg bellach fyth ar ystyron enwau lleoedd ar hyd a lled y byd. Clywsom lawer yn ddiweddar am drychineb y llong honno yn Zeebrugge; diddorol yw gweld mai ystyr *brugge* yw 'pont', fel *bruck* yr Almaeneg, meddir.

Ystyr y *grad* mynych yn y Rwsieg a'r Serbo-Croateg yw 'tref', 'castell'. Mae *haven* (Almaeneg a Saesneg), fel *havre* yn Ffrangeg, yn golygu 'porthladd'. *Holm* (Daneg a Norwyeg) yn golygu 'ynys'. Bûm yn dyfalu droeon beth yw'r sill *stan* yn Pakistan, Afghanistan, Turkmenistan a'u bath, a chanfod yn y Mynegai mai ystyr *stan* yw 'gwlad'.

Sylwi hefyd mai 'cadwyn o fynyddoedd' yw *sierra*, ac mai 'dan eira' yw *Nevada* gan y Sbaenwyr. Mae'r Rwsieg *vostok* yn golygu 'dwyrain', a diddorol oedd dysgu mai ystyr y gair Arabeg *sahara* yw 'diffeithdir'. Felly, yn fanwl, dyblu'r ystyr yw sôn am 'Anialwch Sahara'. Fel dweud 'Pont Menai Bridge'!

Gwych hefyd wrth astudio mapiau'r gwledydd yw dod ar draws geiriau Cymraeg preiffion fel 'tirfwrdd', 'llwyfandir', 'rhewlif', 'geneufor', 'traeniad' a 'llystyfiant'.

(Mawrth 28ain)

Torri'r lawnt

Yn fwyaf sydyn roedd hi'n wanwyn. Wedi misoedd lleithion y gaeaf, fe gyrhaeddodd yr haul, daeth adar i nythu, wŷn bach i brancio, blodau i agor dros yr ardd i gyd, a'r glaswellt i dyfu'n doreithiog dros bobman. Dyna'r min hwyr heulog y tynnais y peiriant-torri-gwellt o'i gwt wedi seithmis o segurdod.

Plwc ar y rheffyn i'w danio, ond nid oedd unrhyw fath o ymateb. Er glanhau ei blwg, nid oedd argoel o dân. Gwyddwn yn fy nghalon fod y peiriant wedi gildio o achos rhyw gystudd mwy dwys na'i gilydd. Cofiais wedyn nad oedd yn ei hwyliau gorau y llynedd (na'r flwyddyn gynt, o gysidro) a'm bod wedi bwriadu rhoi sylw iddo ers peth amser, ond na chyflawnais fy mwriadau.

Yn ail-law y prynais y *Qualcast* petrol hwn ugain mlynedd yn ôl. Am faint o flynyddoedd y bu'n llafurio cyn i mi'i gystwyo, ni wn. Ond bellach, am fod yn rhaid ei ymgeleddu, dyma fynd i goluddion y teclyn, a chanfod yno bod un falf wedi glynu'n dynn solet yn ei thwnnel. Wedi ymdrech hir, a llwyddo i dynnu'r pin â'i daliai yng nghesail sbring gwydn, gwelais fod y falf wedi llosgi ar ei hymylon ac y byddai gofyn rhoi ymyl lefn newydd iddi trwy sesiwn o'i throelli'n egr yn ei gwely. (Term yr arbenigwyr am broses felly yw 'greindio'r falf'!)

Tynnu allan bentwr o arfau: tun o bast-tywod, coesyn a rwber-sugn ar ei flaen, sawl tyrnsgriw a sbanner, olew a chlytiau, a chyn pen awr rhoi ymyl newydd i'r falf–a'i phartneres, gan fy mod wrthi. Ond yna daeth trafferth i arafu'r dasg, sef y gwaith o wthio'r sbring nerthol at i fyny, a'i ddal yno'n ddigon hir nes llithro'r pin i'w le trwy goes y falf. Am nad oedd gennyf erfyn arbennig at y gwaith hwnnw, bu'n rhaid imi drio saernïo llafn o fetel at y pwrpas. Canfod ei fod yn rhy wan ac yn plygu fel pwdin gan nerth y sbring. Digon fydd dweud imi lwyddo ar ôl awr arall gyda dau dyrnsgriw mewn un llaw, a gwthiad acrobatig i'r pin â'r llaw arall. Rhoi'r caead yn ôl, sgriwio'r plwg i'w soced, gosod y gorchudd a'r teclyn-tanio yn eu lle, plwc i'r rheffyn, a dyna'r *Qualcast* yn clecian yn ddifyr am dymor eto.

(Maid 2fed)

Lloydia serotina

Dydd Sadwrn, Mehefin 12fed, yr oeddem ar lawr Cwm Idwal yn Eryri wyllt wrthi'n crwydro'r llethrau'n chwilio am Twm Elias a'i ddosbarth o Ganolfan Plas Tan-y-bwlch. Yn eu tywys hwy yr oedd y llysieuydd Dafydd Dafis o Randirmwyn, ac wedi taro ar y fintai, a chael sgwrs a llawer gwybodaeth am lysiau a blodau'r mynydd-dir, aeth carfan ohonom ymlaen gan ddilyn yr Elias barfog a hirgoes tua'r cribau fry.

Wedi cwrs ffyrnig o ddringo'r llethrau, dyma gyrraedd o'r diwedd i berfedd y Twll Du ar ymyl ucha'r grib. (Am i'r Saeson alw'r fan yn *Devil's Kitchen*, mynnodd y Cymreigiad, 'Cegin y Cythraul', lynu wrtho'n ogystal.) Y rheswm dros inni ymlafnio tua'r ffasiwn le oedd i Edward Llwyd (neu Lhuyd) fod yn yr union lecyn hwn dros 280 o flynyddoedd o'n blaenau. Ar wahân i fod yn ieithydd, roedd y gwron hwnnw'n ogystal yn ddaearegwr a botanegydd o fri. Ac yno, yn uchel ar wal y Twll Du y gwelodd Edward Llwyd flodyn hollol brin ac unigryw,–blodyn nad yw'n tyfu yn un man arall trwy Brydain i gyd. Byth er hynny, adnabyddir y planhigyn mewn Lladin wrth gyfenw Edward Llwyd, sef *Lloydia serotina*. (Yr enw Cymraeg arno gan Evan Roberts, Capel Curig, yw 'brwynddail y mynydd'.)

Tasgai ffrydiau cryfion o nenfwd y graig, a rhaid oedd derbyn cael ein gwlychu gan y trochion er mwyn sefyll ar lawr garw'r gegin. Lle arswydus yw trigfan y diafol! Ond yno, ar bared serth uwch ein pennau, cawsom graffu fry ar y *Lloydia serotina*, a gwybod inni gael cip ar blanhigyn oedd yn llwyr ddethol.

Am rai munudau yng nghyfrinach Natur Fawr, bron nad oedd y gegin wedi troi'n gapel.

(Mehefin 27ain)

Gweddi'r ceffyl

Y dydd o'r blaen cefais, gan Arthur Edwards, Penmorfa, gopi o weddi gyda'r teitl *The Horse's Prayer*. O ryfeddu at y cynnwys, bernais y byddai'n werth ei gyfieithu fel a ganlyn:

I ti, fy Meistr, yr offrymaf fy ngweddi. Portha fi, dyfria fi, gofala amdanaf, a phan ddaw fy niwrnod gwaith i ben, rho gysgod imi gyda gwely glân, sych a stôl ddigon llydan imi orwedd yn gysurus ynddi.

Bydd garedig wrthyf bob amser. Siarad â mi. Mae dy lais yn golygu cymaint â'r awenau imi'n aml. Anwesa fi weithiau, i mi dy wasanaethu'n fwy parod, a dysgu dy garu.

Paid â phlycio'r awenau, a phaid â'm chwipio ar y rhiw. Paid fyth â'm taro na'm curo na'm cicio pan fyddaf yn methu â gwybod beth a geisi, ond rho gyfle i mi dy ddeall.

Astudia fi os byddaf yn methu ymateb i'th gais; edrych a oes rhywbeth o'i le ar fy harnais neu ar fy nhraed.

Paid â'm rhaffu fel na allaf droi fy mhen yn rhwydd. Os mynni fy mod yn gwisgo mwgwd fel na allaf weld tuag yn ôl fel y bwriadwyd imi, rwy'n gweddïo am iti ofalu cadw'r mwgwd yn berffaith glir o'm llygaid.

Paid â'm gorlwytho. Na'm clymu lle bydd dŵr yn diferu arnaf. Cadw fi mewn pedolau da. Archwilia fy nannedd pan beidiaf â bwyta. Fe all y bydd gennyf ddant dolurus, a gwyddost fod hynny'n beth poenus iawn.

Paid â chlymu fy mhen mewn camystum, na dwyn oddi arnaf fy mhrif amddiffyn rhag gwybed trwy dorri fy nghynffon.

Ni allaf ddweud wrthyt pan fydd syched arnaf, felly rho imi ddŵr oer, glân, yn aml. Dyro imi bob cysgod posibl rhag haul poeth. A thaena wrthban drosof, nid wrth imi weithio, ond pan fyddaf yn sefyll mewn oerni.

Paid fyth â rhoi genfa oer yn fy safn; yn gyntaf, cynhesa hi fymryn yn dy ddwylo. Rwy'n ceisio dy gludo di a'th feichiau heb rwgnach, ac yn aros oriau meithion amdanat, boed ddydd, boed nos.

Heb fodd i ddewis fy mhedolau na'm llwybr, byddaf weithiau'n cwympo ar balmentydd celyd y gweddïaf na byddo'u hwyneb o goed, ond o ddefnydd a rydd imi droedle diogel. Cofia y bydd yn rhaid i mi fod yn barod ar unrhyw foment i golli fy mywyd yn dy wasanaeth.

Ac yn olaf, O! fy Meistr, pan dderfydd fy nerth, paid â'm troi allan i newynu neu i fferru, na'm gwerthu i berchennog creulon i'm harteithio'n araf a'm llwgu i farwolaeth.

Ond cymer di fy mywyd, O! fy Meistr, yn y modd mwyaf tirion. A'th Dduw â'th wobrwyo dithau yma, ac wedi hynny. Ni fyddi'n f'ystyried yn amharchus os gofynnaf hyn yn enw'r Hwn a aned mewn stabl, Amen.

(Gorffennaf 11eg)

W. S. Gwynn Williams

Mae Gŵyl fawr Llangollen wedi pasio am flwyddyn arall, ac eleni'n dathlu deugain mlynedd yn hanes y fenter. Wedi i'r Ail Ryfel Byd ddolurio'r ddaear a'i phobloedd, teimlodd rhai cyfeillion mai hyfryd o beth fyddai gwahodd y cenhedloedd at ei gilydd i ganu am wythnos lawn.

Tri gŵr a fu'n amlwg y tu ôl i'r syniad oedd Harold Tudor, G. H. Northing ac W. S. Gwynn Williams, ac yn haf 1947, trowyd Llangollen yn dref o gân a dawns blodau a llawen chwedl. Ar yr ŵyl gyntaf honno, caed cynrychiolaeth gan bedair cenedl ar ddeg. Ar ben deugain mlynedd arall, daw perfformwyr i Langollen o ragor na deg a thrigain o wledydd.

Erbyn hyn, fodd bynnag, aeth dros ddeng mlynedd heibio er claddu'r brawd Gwynn Williams. Cofiaf alw heibio i'w gartref ym Mhlas Hafod yng ngolwg afon Dyfrdwy, i recordio'i argraffiadau am y gwyliau a fu, a chael croeso diball ganddo. Wrth ymadael â'i aelwyd y diwrnod hwnnw rhoddodd un o'i lyfrau'n anrheg imi, sef *Welsh National Music and Dance*, a'i lofnodi ar y clawr gyda'r dyddiad, 17:6:76.

Diddorol oedd deall iddo fwriadu astudio at fod yn feddyg, cyn troi at y Gyfraith. Ond bydd Cymry'n cofio amdano fel cyfansoddwr a chefnogydd popeth cerddorol. Am ei gân 'Duw ŵyr', llanc ugain oed oedd W.S. Gwynn Williams bryd hynny. Mwy diddorol fyth oedd deall i'r gân honno gael ei chanu gyntaf yn Eisteddfod y Gadair Ddu, Birkenhead, 1917, a'r bardd buddugol, Hedd Wyn, wedi'i ladd ychydig ynghynt yn ffosydd Ffrainc.

Pa ryfedd wedyn i'r cerddor o Langollen greu miwsig ar y ganig 'Telyn Fud' o waith Hedd Wyn? A'r clo cofiadwy hwnnw:

> A phe medrwn torrwn innau
>   Ar ei feddfaen mud
> Ddarlun telyn gyda'i thannau
>   Wedi torri i gyd.

(Gorffennaf 18ed)

Cyn codi cŵn Caer

Yn y gyfrol *Seiat Byd Natur* (1971), ceir ateb fel hyn gan R. Alun Roberts:

> Mae 'codi cŵn Caer' yn mynd â ni ganrifoedd yn ôl pan oedd pobl Cymru yn cael cryn drafferth i gael halen . . . i halltu anifeiliaid ar gyfer y gaeaf. Ond o b'le y caent halen? Y lle hwylusaf oedd y gwelyau halen yn Sir Gaer, ac mae hanesion ar gael am yr hen Gymry'n mentro'n aml dros y ffin i ddwyn halen. Yr unig lwybr cyfleus i ddwyn yr halen oedd drwy dref Caer. Rhaid felly, oedd i'r Cymry fentro liw nos, a chroesi Dyfrdwy pan oedd cŵn tref Caer yn debygol o fod yn cysgu. Petai'r cŵn yn cyfarth a deffro'r dinaswyr, yna

dyna diwedd ar y fenter i ddwyn halen am y noson honno. Felly daeth sôn am siwrnai gynnar yn cychwyn 'cyn codi cŵn Caer' yn ymadrodd cyffredin yng Nghymru.

Cofiaf i'r syniad fy nharo rai blynyddoedd yn ôl fod rhai pobl wrthi'n llafurio'n ddistaw pan fydd y gweddill ohonom yn cysgu'n drwm. Gan hynny, euthum ati i weithio ar bedair rhaglen radio o dan y teitl 'Cyn Codi Cŵn Caer'.

At ddyn y bara yr euthum gyntaf, a chael oedi gyda'r pobydd, Dafydd Jones, yng Nghricieth, wrth iddo fwrw at ei waith tua deg o'r gloch y nos. Bu wrthi'n pwyso a chymysgu blawd ar gyfer gwahanol fathau o fara, ac felly y bu'n ddi-stop yn tynnu ac yn rhoi o gwmpas y popty mawr.

Ychydig wedi pedwar fore drannoeth, roeddwn gyda'r perchennog, Tomi, yn llenwi'i gerbyd, a'i ddilyn cyn i'r haul godi gan adael archebion bara'n ddistaw bach yng nghefnau siopau a sawl gwesty. Erys y cof am gyrraedd gwesty Bron Eifion, heb undyn byw o gwmpas, dim ond adar yn telori yn y coedydd tawel.

Dilyn y dyn-llefrith oedd y cynnig nesaf. Am bump o'r gloch, cyrraedd Ffatri Laeth Rhydygwystl (lle bûm yn gweithio ar un cyfnod), a mynd gyda John yn ei fan i gyfeiriad bro Llangybi. Ar wahân i glywed 'mynyddlais y gwcw' oddi draw, roedd y bore'n dawel, heb unpeth i dorri ar yr heddwch ond clician potel neu ddwy wrth i John eu gosod ar bwys y rhiniog, neu aros wrth adwy fferm i adael poteli yn ôl y gofyn oedd ar bwt o bapur o dan lechen yno. (Rhyfedd oedd dygymod â bod ffermydd yn prynu llefrith!)

Y trydydd trefniant oedd gyrru gyda'r wawr am fferm Brynrefail, cartref Margiad, enillydd y Fedal Ryddiaith eleni. Gwilym yn tanio stwcyn o gerbyd tramor, ac i ffwrdd â ni trwy adwyon lleidiog o'r naill gae i'r llall. Llygaid profiadol y bugail yn dal ar ddafad mewn trafferth yn y fan draw, yn brysio ati, a'i helpu i eni'r oen. Cofiaf ei bod yn dywydd sgrympiog, oerllyd, ac i Gwilym ddweud mor flasus fyddai brecwast y gegin ffarm ar ôl y bugeilio plygeiniol hwnnw. Ac felly'n union y bu, gyda diolch i diriondeb Elinor.

Gwnaed y pedwerydd cyrch ar wŷr y post. Anelu am Fangor rhwng dau a thri y bore, sefyll ar yr orsaf fawr unig i ddisgwyl yr *Irish Mail* sy'n gyrru rhwng Llundain a Chaergybi. Daeth y trên i mewn yn ei bryd, agorwyd drysau'n rhesi gan ddadlwytho ar y platfform sacheidiau o lythyrau a sawl pentwr o barseli. Faniau cochion y post yn traflyncu'r cynnwys, y trên yn diflannu i'r gwyll cynnar am Fôn, a minnau'n dilyn y rheng goch nes cyrraedd Post Mawr Bangor. Yn y fan honno, gwylio criw o ddynion yn trin y sachau, yn didol a dethol miloedd o lythyrau i'w priod ardaloedd, a'u gosod yn daclus mewn hollt a blwch, res ar ôl rhes.

Yn y man, daeth fflyd o faniau eraill gyda'u postmyn, pob un yn cymryd ei gyfran cyn gyrru am wahanol gyfeiriadau, gan adael mewn swyddfeydd post ar eu taith becynnau a sachau i'w dosbarthu'n lleol. Digrif, rywsut, oedd cyrraedd yn ôl i'm cartref fy hunan toc wedi chwech o'r gloch y bore, a hynny oriau o flaen post Rhos-lan!

Ond y rhain a'u tebyg yw'r bobl a gymerwn ni mor ganiataol bob dydd o'n hoes. Y gweithwyr diwyd hynny sydd wedi bod wrthi cyn codi cŵn Caer. Diolch amdanyn nhw.

(Medi 19eg)

Canrif capel

Braf oedd gweld hen wynebau yn oedfa'r bore y Sul diwethaf. Wrth gofio gweinidogaethu ym Minffordd rhwng 1960 ac 1973, bu cryn holi am hynt a helynt yr ofalaeth, a'r tro a ddaeth ar fyd. Ond y bore hwn, profiad rhyfedd oedd gweld to'r capel wedi diflannu, a'r tu mewn yn garneddau ar ôl diberfeddu'r adeilad. Aethai cyflwr y capel yn beryglus, a'r gost o'i gynnal yn ormod i'r gell fechan sydd yn y pentref. A'r hyn a wnaed, yn synhwyrol iawn, oedd diddosi'r festri fel cyrchfan addoli. Syniad hapus oedd arbed hen bulpud y capel, a'i osod ar ganol llwyfan y festri ar gyfer oedfeuon.

Rai blynyddoedd cyn hynny, cefais rodd o hen fedal gan un aelod. Ar un ochr iddi y mae'r geiriau 'Jiwbili Eglwys Minffordd M.C. 1871-1921'. Ar yr ochr arall, wedi'i stampio i'r metel y mae argraff eglur a graenus o'r capel. Medal yn cadw atgof am addoldy nad yw'n bod mwyach.

Os haerodd Harold Wilson fod wythnos yn amser hir mewn gwleidyddiaeth, gellir mynnu hefyd fod canrif yn amser hir mewn crefydd. Erbyn hyn, fe'n daliwyd ninnau ar ben canmlwydd a ddaeth â newid chwyrn i batrwm crefydda. Fel, yn wir, i batrwm sawl peth arall, masnach, amaethu, addysg, diwylliant, trafnidiaeth, chwaraeon . . .

Llafur a thocyn

Y Ddolen yw enw'r papur bro sy'n cwmpasu Trefenter, Blaenplwyf, Llangwyryfon, Llanilar, Cwmystwyth a sawl ardal arall. Yr hyn â'm trawodd yn ddifyr o'i ddarllen oedd geiriau tafodiaith y gohebwyr wrth gyfrannu i'r papur. Gwelir yno ddarlun o William Morgan, Tŷ'n Rhyd, ar gefn ei dractor yn 'torri llafur'. Dyna'r dweud yng Ngheredigion bob gafael,–'mynd i dorri llafur', 'gweithio yn y llafur', sy'n golygu bod wrthi yn y cae ŷd.

Mae cofnod yn *Y Ddolen* am blant ysgol Ponterwyd wedi bod am drip yn Harlech–'gan fwynhau tocyn ar y lawntiau yn y Castell'. Dyna air Sir Aberteifi am *snack*. Hyd y cofiaf, 'mynd â bwyd efo ni' y byddem ni. Ond 'mynd â thocyn' a wna'r Cardi. Credaf mai Parry-Williams a fathodd y term 'pryd-poced', a fyddai'n cydio de a gogledd yn esmwyth ddigon. Ond ar y llaw arall, hir y parhao'r ymadroddion lleol o fro i fro.

(Hydref 3ydd)

Arthur Rowlands

Yn nghwrs y blynyddoedd, fel nifer o gyfeillion eraill, rwyf wedi recordio sawl llyfr ar gyfer Cymdeithas Deillion Gogledd Cymru yn y stiwdio fach ym Mangor. Y ddiweddaraf imi'i darllen yno yw stori bywyd Arthur Rowlands, y plismon a ddallwyd gan ddryll Robert Boynton ger Pontarddyfi yn Awst 1961.

Teitl y gyfrol honno yw *Mae'r Dall yn Gweld*, a'r awdur yw Enid Wyn Baines. Yn ogystal â bod y llyfr wedi'i sgrifennu'n raenus, mae'r cyfanwaith yn wead rhyfeddol o gain. Dyma frawddeg gyntaf Enid Baines: 'Roedd ymddiried y dasg o sgrifennu hanes bywyd Arthur Rowlands i mi fel gofyn i un na lwyddodd i wau jersi blaen fynd ati i wau un *fair-isle*'. Ond yn hynny oll, fe lwyddodd Enid yn odidog.

Pan oeddwn yn dechrau darllen y llyfr hwn i gasét ym Mangor, daeth Arthur efo mi i'r ddinas. Wrth foduro trwy Fethel, awgrymodd ef fy mod yn gyrru at y ffordd newydd ac anelu tua Bangor o gyfeiriad Castell Penrhyn, ffordd bur anghyfarwydd i mi. Yn y man, gwelwn o'm blaen arwyddion yn pwyntio at drefi nad oeddwn yn bwriadu mynd ar eu cyfyl–Betws-y-coed, Bethesda, Conwy . . . Mynegais hynny wrth Arthur, a gofyn iddo prun o'r ffyrdd hynny â'm tynnai tua Bangor. Atebodd fy nghyfaill dall fi mewn llawn hyder: 'Dos yn dy flaen sbel eto . . . dene ti . . . tro yn y fan hyn ar y chwith, a mi ddaw hon â thi i Fangor'.

Roedd y peth yn anodd ei gredu. Cyfaill dall wrth f'ochr fel petai'n 'teimlo' taith yn ymagor o'i flaen fesul milltir. Mae'r dall yn gweld yn wir! Personoliaeth gwbl ryfeddol yw'r Arthur hwn. Nid gwamalu a fyddai cymysgu'r llythrennau, a'i alw yn 'Aruthr'. Oni ddaeth trwy adfyd chwerw heb suro un mymryn, a llwyddo i weithio yn swyddfa'r heddlu, a dod yn rym dewinol mewn sawl maes?

Mae Arthur, nid yn unig yn hybu'r gwaith er mwyn y deillion, ond hefyd yn arloesi i helpu'r anabl o gorff mewn cyfeiriadau eraill, a chodi calon sawl un isel-ysbryd. Hwn yw paragraff olaf llyfr Enid Wyn Baines: 'Ond mae ceisio cael gafael ar gyfrinach a mawredd cymeriad Arthur fel ceisio dal yr enfys. Ni allwn ond edrych a rhyfeddu, a dweud, fel y dywedwyd am Moses gynt: "Efe a ymwrolodd fel un yn gweled yr anweledig".'

(Tachwedd 28ain)

1988

Martin Luther a James Burke

'Rydan ni wedi cael tri Sul mewn tri diwrnod,' meddai cyfaill wrthyf ar ôl oedfa'r nos. Cyfeirio'r ydoedd at ddydd Gwener y Nadolig, Sadwrn gŵyl San Steffan, ac wedyn y Sul go-iawn oedd yn dilyn. Bellach, wedi i berthnasau a chyfeillion gilio, dyma gyfle i astudio ambell anrheg, fel y pinsgrifennu newydd, y record ddwbwl, a'r llyfrau a gaed gan hwn ac arall.

Gwn y byddaf yn aros gydag un gyfrol am wythnosau i ddod, *The Day the Universe Changed*, gan James Burke. Mae yma 350 o dudalennau llawn syniadau a damcaniaethau, heb sôn am ddarluniau, rhai yn hen a phrin, eraill yn newydd sbon danlli. Cofiaf wylio cynnwys y llyfr hwn mewn cyfres faith ar y teledu sbel yn ôl, a James Burke yn traethu gyda huotledd with bicio o wlad i wlad i gyfleu ei syniadau am hanes gwareiddiad. Bu mewn ugain o wledydd i gyd wrth dreulio tair blynedd yn ffilmio'r hanes.

Mae brawddeg gyntaf ei lyfr yn werth aros uwch ei phen: *You are what you know*. Gyda'r gosodiad yna, aeth James Burke i chwilio a chwalu trwy helynt dyn ym myd meddwl, credo ac ofergoel, athroniaeth, crefydd a gwleidyddiaeth, hanes, diwylliant a gwyddoniaeth, a chanoli bob tro ar ddarganfyddiadau dyn o oes i oes, gan astudio'r gwahanol effeithiau. Y canlyniad oedd fod pob darganfod yn newid syniad a chredo dyn am fyd a bywyd. Eto, prin godi cwr y llen yw hyn oll, am fod gwaith pori am fisoedd eto trwy'r llyfr hwn.

Sut bynnag, aeth y cyfan â mi yn ôl i Hydref 1983, adeg dathlu canmlwyddiant geni Martin Luther, a'r chwyldro a barodd ef yn hanes yr Eglwys Babyddol yr oedd yn offeiriad ynddi. Cynnyrch sialens y mynach hwnnw oedd yr hyn a alwn ni bellach yn 'Brotestaniaeth'. Yr Hydref hwnnw, roedd saith ohonom yn dilyn trywydd Luther yn Nwyrain yr Almaen, ac wedi cyrraedd i Wittenberg lle'r hoeliodd y mynach ei bapur protest mewn 95 o bwyntiau ar ddrws yr eglwys, yn y man aethom i adeilad lle bu Luther yn gweithio. Yn yr ystafell honno, gwelir y stôf ynghyd â'r gadair a'r bwrdd, ac yn bennaf oll y Beibl y myfyriodd ef uwch ei ben.

Brinley Jenkins oedd yn actio Luther, wedi'i wisgo'n berffaith yn niwyg mynach o'r cyfnod pell hwnnw. Roedd camera Ray Orton ar gyfarwyddyd Ifor Rees yn canoli ar 'Brinley-Luther' wrthi'n sgrifennu nodiadau ar y Beibl. Wedi ysbaid o hynny, roedd yr actor i godi gan bwyll o'i gadair a cherdded cam tua'r ffenestr . . . ond ar hynny, dyna'r drws yn agor yn swnllyd, a gŵr yn cerdded i mewn i gael golwg ar y stafell enwog–peth cwbl allan o drefn ym myd ffilmio, â'r camera'n troi.

Wedi rhoi ar ddeall iddo y byddai'n rhaid iddo aros ei dro nes i'n Luther Cymraeg ni orffen â'i waith teledu, gofynnodd Ifor i'r dieithryn: 'Are you staying then?' Derbyniodd y cyfaill yr awgrym, a chilio allan yn dinslip. Y gŵr hwnnw oedd James Burke!

(Chwefror 2fed)

Beibl William Morgan

Bydd 1988 yn flwyddyn bwysig yng Nghymru am y trefnir sawl dathliad i gofio mai yn 1588, bedwar can mlynedd yn ôl, y cawsom ni y Beibl yn iaith ein cenedl. Bydd cofio am William Salesbury yn cyfieithu'r Testament Newydd i'r Gymraeg, a'i gyhoeddi yn 1567. Ac wedi hynny, yr Esgob William Morgan yn cyhoeddi'r Beibl cyflawn mewn Cymraeg yn 1588.

Ar gofeb y tu allan i'r Gadeirlan yn Llanelwy, gwelir enwau nifer o'r gwroniaid hynny a lafuriodd gyda'r gwaith, pob un â'i gyfraniad: William Morgan, Richard Davies, Richard Parry, William Salesbury, Thomas Huet, Gabriel Goodman, Edmwnd Prys a John Davies. Am mai dim ond 800 copi a argraffwyd o Feibl William Morgan yn 1588, erbyn 1620 trefnwyd i gael argraffiad newydd, a bu peth diwygio ar ei gynnwys. A hwnnw, i bob pwrpas, yw'r Beibl a ddefnyddiodd y Cymry hyd yn hyn.

Eto, fe gofir i'n canrif ni drefnu argraffiad wedi'i ddiweddaru o'r Testament Newydd yn 1965. Ac erbyn 1979, fe gaed fersiwn newydd o Lyfr y Salmau. Ond am y Beibl cyflawn a ddaw eleni, bydd diweddaru wedi digwydd i'r Hen Destament drwodd a thro, gan gynnwys yn ogystal yr Apocryffa. Ystyr 'apocryffa' yw 'cuddiedig', ac yn y cyswllt Beiblaidd, rhwymiad oedd yr Apocryffa o gryn ddwsin o lyfrau yr arferid eu cynnwys yn y cyfieithiad Groeg, sef y *Septuagint*. Yng nghwrs amser, ni châi'r Apocryffa le mewn Beiblau Protestannaidd, ond fe'i ceid yn gyson ym Meibl Eglwys Gatholig Rhufain.

Yn 1986, gweithiais ar addasu llyfr Meryl Doney, *How our Bible came to us*. Yn hwnnw ceir ffeithiau eithaf hynod am Lyfr y Llyfrau, ac wele rai: fod sôn am y Beibl dair gwaith yn *The Guinness Book of Records*. Ef oedd y llyfr cyntaf erioed i'w argraffu'n beirianyddol. O'r 21 llyfr sy'n aros o argraffiad Gutenberg, tybir mai un o'r rheiny yw'r llyfr argraffedig drutaf erioed i'w werthu mewn ocsiwn. Yn 1978, cafwyd

£1,265,000 amdano. Rhwng blynyddoedd 1815 ac 1975, dosbarthwyd 2,500,000,000 copi o'r Beibl trwy'r byd. Mae mwy o hen lawysgrifau o'r Beibl i'w cael nag o unrhyw lyfr arall. Mae gennym tua 13,000 copi llawysgrif o rannau o'r Testament Newydd. Er bod yr oes hon yn un bur seciwlar, eto mynnir mai'r Beibl yw'r llyfr enwocaf yn y byd. Ac mai'r llyfr hwnnw, heb un amheuaeth, sy'n gwerthu orau dros y byd i gyd.

(Ionawr 25ain)

Mewnlifiad

Daw'r wythnos nesaf â ni dros y gamfa at fis Mawrth a Gŵyl Ddewi pan ddigwydd dathlu ac annerch a swm o lawenychu. A thristáu'n ogystal. Yn y 'newyddfyd blin', digon brith yw hanes yr henwlad gyda'i phroblemau'n dwysáu'n feunyddiol, yn enwedig diweithdra, sy'n llethu'n pobl ifainc.

Clywir yn ddigalon o fynych am byllau glo a ffatrïoedd yn cau, fel y cysgod hwnnw a ddaeth i or-doi Hufenfa'r Felin-fach a'i thrigolion. Nid colli gwaith yn unig yw pen draw'r gofid, ond y dadwreiddio posibl ar gymdeithas; teuluoedd a fu'n rhan o fro, gynt yn fodlon a hapus eu byd, yn gorfod symud i chwilio am waith, a hynny efallai i ardal bellennig ac estron.

At hyn oll, gyda'r mewnlifiad sy'n digwydd i gefn gwlad, peidiodd yr hen gymdogaeth â bod, i bob pwrpas. Cofiaf J. J. Williams (a fu yn Ysgol Cefnfaes, Bethesda) yn mynnu mai'r bygythiad mwyaf i batrwm cymdeithas oedd dyfodiad yr *internal combustion engine*, chwedl yntau. Darogan yr oedd y byddai'r modur yn creu problem gymdeithasol a chenedlaethol yn fuan iawn. Oni chlywyd y dydd o'r blaen am ddylifiad o Loegr i dai-fferm gweigion yn ardaloedd Caerfyrddin? Eu trigianwyr yn gweithio yn Llundain bell, ond yn medru byw yn y wlad am ei bod bellach yn hollol hwylus picio yn ôl a blaen dros y fath bellter. Gyda'r modur a'r traffyrdd a'r trên *inter-city*, nid yw'r hyn a ystyrid yn bellter maith ddoe yn ddim erbyn heddiw.

Yn ychwanegol at hynny, daeth y teledydd i'n cartrefi, a pha fygythiad bynnag a gaed yn sgil y modur, gall bygythiad y teledu fod yn un ffyrnicach fyth. O leiaf, mae'n un cyfrwysach. Gall y sgrin osod ynom syniadau nad oedden nhw'n bod yn ein bywyd o'r blaen. Gall teledu ein gwneud yn bobl wahanol, fel na fyddwn yn siŵr mwyach pwy oeddem gynt. Na phwy ydym heddiw chwaith, o ran hynny.

I angerddoli'r argyfwng, nid ysbrydol yn unig yw'r adfyd, ond materol yn ogystal. Onid yw'r glaw sy'n bwrw ar ein tiroedd yn wahanol i'r hyn a fu? Mae ynddo asid ac ymbelydredd sy'n llygru nentydd a thyfiant ac anifeiliaid ac adar. Ac os gwir hynny, onid yw'n anochel ei fod yn effeithio ar bobl hefyd? Mae'n ymddangos fod y fflangellu arnom yn digwydd o bob cyfeiriad, gorff, meddwl ac ysbryd.

(Chwefror 27ain)

Ffatri Rhydygwystl

Yn y dyddiau a fu, roedd prysurdeb tyrfus yng ngorsaf reilffordd Chwilog yn Eifionydd, trenau myglyd yn mynd a dod yn llwythog o deithwyr ac o nwyddau. Pan sefydlwyd y Ffatri Laeth yn Rhydygwystl o dan ofal J.O. Roberts, Cefncoed, aeth gorsaf Chwilog yn brysurach fyth ac yn ganolfan bwysig ar gyfer dosbarthu a chludo miloedd o alwyni o lefrith i'r daith tuag arfordir y gogledd, a thraw am ddinas Lerpwl.

Rhwng traul y blynyddoedd, a bwyell Beeching, daeth diwedd yn Chwilog ar yr orsaf a'r trên a'r rheilffordd. 'Darfu amdanynt fel pe na buasent', chwedl Llyfr yr Apocryffa. Ond draw yn Rhydygwystl ar bwys pentre'r Ffôr, y mae'r Ffatri Laeth yn dal ar fynd. Ac eleni, bydd yr hufenfa honno'n dathlu hanner can mlynedd o lwyddiant. Bûm yn gweithio sbel yno yn y dyddiau cynnar hynny. Lle bychan oedd y ffatri yn y cyfnod hwnnw, gyda chymdeithas gynnes o weithwyr ac o berchenogion wrthi'n hybu'r fenter ar ei gyrfa. Ac fe lwyddodd pethau'n rhyfeddol iawn.

Os crebachodd gorsaf y rheilffordd yn Chwilog allan o fod, stori dra gwahanol yw hi yn Rhydygwystl. Mae'r Ffatri fechan gynt wedi ymledu'n helaeth, gydag adeiladau newydd ar hyd y llethr, a thros yr afon hefyd. Mewn dyddiau pan fo cymaint o gau ar hufenfeydd, pleser yw llongyfarch y Ffatri Laeth hon, a dymuno rhwydd hynt iddi eto ymlaen.

Plas Tan-y-bwlch

Fel a ddigwyddodd yn hanes y rheilffyrdd, felly hefyd y daeth newid i'r stadau a'r plasau. Diflannodd y bendefigaeth ac aeth sawl plas yn adfail. Ond i Blas Tan-y-bwlch ger Maentwrog, daeth pendefigaeth o fath arall. Rhag iddo fynd rhwng y cŵn a'r brain, yn 1975 cymerwyd gofal o'r lle gan Gyngor Sir Gwynedd a'r Comisiwn Cefn Gwlad, gan droi'r plas yn Ganolfan Astudio ym Mharc Cenedlaethol Eryri.

Erbyn hyn, y mae Tan-y-bwlch yn fangre cyrsiau a chynadleddau. Y Sadwrn o'r blaen, digwyddwn fod yno yn sgîl Cymdeithas Llafar Gwlad. Difyr oedd gwrando ar T. Llew Jones yn traethu'n fflachiog ar y 'Beirdd Gwlad', dan ganoli'n arbennig ar arabedd rhai fel Bois y Cilie.

Soniai T. Llew am un brawd, a'i gerbyd oedrannus a tholciog mewn angen dirfawr am ymgeledd. Wrth iddo'i yrru'n swnllyd hyd y fro, byddai'r ddau fydgard blaen 'yn ysgwyd fel clustie hwch' meddai T. Llew. (Roedd yn werth bod yn Nhan-y-bwlch pe na bai ond i ddal ar y gyffelybiaeth orchestol yna!) Arafodd y brawd ei gerbyd cystuddiol wrth efail y pentre, a gofyn i'r gof daro weldiad arno. Wedi i'r crefftwr hwnnw graffu ar gyflwr trist y meteloedd, gofynnodd pa ran o'r cerbyd y dylai ei weldio.

'Weldiwch e' i gyd,' atebodd y ffermwr. 'A gadewch dwll imi fyd i mewn!'

Er mwyn cadw yn awyr y gwreiddiolion, dyma englyn gan Alun, Cilie, i'r 'Hen Geffyl':

> O'i fraenar i fro anwel–hwn a aeth
> Mewn hers dros y gorwel!
> Ie, a dichon y dychwel
> Eto'n y tun i hotel.

(Mawrth 26ain)

Rhys, Hendre Bach

'Mae petha wedi gwella. Ac wedi gwaethygu.' Dyna un o sylwadau Rhys Roberts, Hendre Bach, wrth sgwrsio â Bryn Tomos yn y rhaglen radio *Byw yn y Wlad*.

'Wedi gwella'–am fod llawer o'r caledwaith gynt yn cael ei ysgafnu gan beiriannau'r gweithdy modern. Mae Rhys, sydd dros bedwar ugain oed bellach, yn cofio ceffylau'n llusgo coed, a'r gweithwyr yn llifio'r cyffion trymion yn llythrennol â nerth bôn braich. Yn y cyfnod hwnnw, gwneid popeth â llaw: hollti, llifio, plaenio, tyllu a morteisio.

'Wedi gwaethygu'–am fod peiriannau trydan celfydd heddiw'n anochel bylu peth ar y grefft oedd yn nwylo'r saer coed yn y dyddiau a fu. Heblaw hynny, rydym bellach mewn oes sy'n cynhyrchu defnyddiau plastigaidd, y pren-llwch, a llawer o geriach ffwrdd-â-hi, a'u parhad yn beth i'w gwestiynu.

Ond y mae iard goed Hendre Bach, a sefydlwyd yn 1870, yn ymwybod â medr sawl cenhedlaeth o seiri coed. Rhyfedd oedd clywed fod aelod o'r teulu enwog hwn wedi bod yn 'trwsio' San Fransisco ar ôl daeargryn fawr 1906. Wrth wrando ar lais mwynaidd Rhys Roberts yn cofnodi'r hanes, ni ellid peidio ag ymdeimlo â'r grefft sy'n rhan mor annatod o'r gweithdy ar gwr Rhos-fawr ger pentre'r Ffôr. Dyfynnodd y frawddeg hon gan un o'r crefftwyr gynt: 'Dylai saer coed weld ei waith wedi'i orffen cyn dechrau'. Sylw solet, gwerth dal arno.

'Fuoch chi'n gneud eirch?' holodd Bryn Tomos.

Cyn cael ateb i'r cwestiwn hwn, bu pedwar neu bum eiliad o dawelwch trwm. Ac yna o'r tawelwch daeth ateb distaw gan Rhys:

'Do . . . gormod o lawer.'

Perl o ateb, a'r hen saer yn sylweddoli cymaint o'i gyfeillion ar hyd a lled y fro y bu yntau'n eu hebrwng yng nghwrs y blynyddoedd. Mewn cyswllt llawer diweddarach, diddorol oedd deall iddo fod yn gofalu am angladd 'Maigret', sef Rupert Davies, a gladdwyd ym mynwent Pistyll ar gyrion yr Eifl.

Ar wahân i ramant hen hanes Hendre Bach, gogoniant pellach y rhaglen hon oedd Cymraeg croyw-loyw Rhys Roberts. Wrth drafod angladdau'r cyfnod a fu y clywsom ganddo am yr adeg 'pan oedd dycâu yn peri bod plant bach yn colli'.

Pan aeth Rhys ati i fanylu ar grefft saera, roedd ei ymadroddion yn wefreiddiol: 'gwneud cribiniau allan o fyrddau neu blanciau bôn gwydyn pren onnen dan weithio i ganlyn y graen, cael y pren yn wythsgwar i gychwyn, a rowndio efo plaen'. I gael dannedd i'r gribin, bwrid y pren trwy 'gethar'. (Tybed beth yw tarddiad yr enw yna–ai 'cethern'?)

Ym myd gwneud pladur (*troed* i bladur a *choes* i gribin, meddai Rhys) dysgwn fod y dyrnau yn 'fodfedd a thri-wyth', a bod 'gosodiad' arbennig i'r llafn a ddelid wrth 'ffrwyn'. Am y 'stric' ar gyfer hogi, 'pren wedi'i feinio' oedd hwnnw, gyda 'bloneg a grud' (*grit*) ar ei gyfer. I gael min (neu awch) ar bladur, byddid yn 'llifo'r llafn ar y maen'.

Yng nghyswllt llafnau modern heddiw, eglurodd Rhys fod tuedd i'r rifets sy'n cynnal y rheiny 'lyncu'i pennau'. Ac y byddai ambell lafurwr dibrofiad, wrth i flaen ei bladur fachu'r ddaear 'yn ceibio yn lle torri'.

Câi buddai i'r fferm ei gwneud o ffawydd melyn, 'pren meddal, braf'. Mewn buddai felly yr oedd 'asgell' yn cael ei throi efo llaw, neu â cheffyl yn cerdded mewn cylch o'r tu allan, a'r fuddai'n cael ei gweithio o'r tu fewn yn y 'bwtri' (o'r gair *buttery*, bid siŵr.)

Aeth Rhys rhagddo i sôn am saera car gwartheg, berfa, giatiau pren, llwyau olwyn ddŵr, blawd lli, ac am ddefnyddio'r ebill hir. Crybwyll wedyn fel y byddid yn codi dŵr o'r siafft; gallai pwmp haearn rewi, ond am bwmp pren o goeden larts, byddai hwnnw'n 'cadw'r dŵr yn felys'.

Am ba hyd eto tybed y llifa'r Gymraeg, hithau, mor felys â'r sgwrs honno yn ardal Hendre Bach?
(Nodiad: Bu Rhys Roberts farw yn 1991)

(Medi 10fed)

John Gwilym

Wrth agor y bennod 'Diweddglo' yn ei hunangofiant, *Ar draws ac ar hyd* (Gwasg Gwynedd 1986) dyma fyfyrion y diweddar Ddoctor John Gwilym Jones am ei fywyd:

> Wrth ddarllen yr atgofion hyn, sylweddolaf mai bywyd diliw, diantur, diddrwg-didda a dreuliais. Ni ddirdynnwyd fi gan argyfyngau egr, ni wynebais benderfyniadau tyngedfennol, ni ruthrais yn fentrus ar unrhyw gwrs o bwys. Nid oes pinaclau i ymhyfrydu ynddynt. Yn wir, y digwyddiadau a'm hysgydwodd fwyaf oedd colli rhieni a chyfeillion agos, agos. Ond drwy'r cwbl 'rwyf wedi mwynhau'r hen fyd 'ma. Ar y gorau 'does 'na fawr ar ôl. Byddai Nain yn dweud bob amser, 'roedd hi wedi bod mor iach, na wyddai beth a ddeuai i fynd â hi o 'ma. Erbyn hyn 'rydw i'n amau pob anhwylder bach. A phan â hwnnw 'rydw i'n disgwyl am y nesa'. Os nad yw'n dod 'rydw i'n dychmygu un. A phan ddaw yr un iawn, trugaredd fawr i mi ac i bawb o'm cwmpas yw iddo fod yn

un sydyn. Ni ellir fyth ddweud amdanaf imi ddioddef cystudd yn amyneddgar a gwrol. 'Rydw i'n perthyn yn rhy agos o lawer i deulu penisel fy nhad.

Fore Sul, Hydref 16eg, ac yntau'n cymryd rhan mewn oedfa yng Nghapel Brynrhos, y Groeslon, fe ddaeth 'yr un iawn–a'r un sydyn' yn ôl ei ddymuniad. A hynny wedi 84 o flynyddoedd heini, llawen.

Am ein bod o'r un un pentref yn Llanystumdwy, bu ymwneud cynnes rhwng Wil Sam a minnau ar hyd y blynyddoedd. A chan fod perthynas deuluol rhwng Wil a John Gwilym, trwy hynny deuthum i gyswllt â John yn weddol gynnar. Wrth bregethu'n stiwdant ym Mrynrhos, yr arfer gennyf yn y cyfnod hwnnw fyddai bwrw'r Sul gyda John yn ei gartref, Angorfa, a chael cwmni difyr ei dad, Griffith Jones, a Jane, oedd yn cadw tŷ i'r ddau.

Cofiaf diriondeb cyson John tuag at ei dad, yn arbennig pan oedd iechyd yr hen ŵr yn dadfeilio. Erbyn hynny, byddai mewn peth anghaffael gyda llwytho a thanio'i getyn, a John Gwilym yn ei helpu trwy gynnal y bibell a dweud, 'Rhoswch chi'r hen ddyn, imi roi tân iawn i chi!' Wedi'r gymwynas honno gan ei fab, pwysai Griffith Jones yn ôl yn ei gadair gan bwffian cymylau o fwg o'i gwmpas.

Yng nghapel Brynrhos, bu John Gwilym yn canu'r offeryn am flynyddoedd. Ac fel y myn ambell argraff aros, mae gennyf gof eglur amdano wrth y piano yn ein cartref ni yn y Gwynfryn, ac yn dangos mor swynol oedd miwsig y gân, *'The lass with the delicate air'*.

Yn nyddiau'r coleg ym Mangor, erys y wefr o'i gael atom i'n cyfarwyddo wrth actio'r ddrama *Dau Dylwyth*. Yn ogystal â hynny, byddai Tom Parry, ein hathro Cymraeg, a ffrind mynwesol John Gwilym, yn ymuno ag ef ar nosau'r ymarfer. Ar ben cael anrhydedd eu cwmni, roedd yr addysg lwyfan i'r egin-actorion gan y ddau wron yn fraint ddethol iawn.

Profiad cyfoethog pellach oedd cael ein cyfarwyddo gan John Gwilym pan aeth i weithio tymor i'r BBC ym Mangor. Trwyddo, fe ddysgwyd llawer am ddarlledu, heb sôn am y ddrama yng Nghymru; rhai o'r cynhyrchion hynny oedd *Gwen Tomos* (mewn chwe rhan), *Glyndŵr, Tywysog Cymru* gan Beriah Gwynfe Evans, *Dyrchafiad arall i Gymro* gan W. J. Gruffydd, a *Trem yn ôl* gan Gwynfor (T. O. Jones).

Ar wahân i'w ddawn loyw fel dramodydd a beirniad llenyddol, byddai John Gwilym yn fythol barod i roi o'i amser er mwyn cymdeithasau llenyddol bychain y bröydd. Fe'i clywais felly ar ei dro gyda ni yng Nghroesor, ym Mhenrhyndeudraeth ac ym Minffordd. Byddai'n sefyll yn heulog, landeg o flaen y cynulliad cyn bwrw ati i draethu'n fanwl a dadansoddol ar gerddi R. Williams Parry. Ffefrynnau arbennig ganddo oedd 'Y Llwynog', 'Y Ceiliog Ffesant' a cherdd 'Y Gwyddau'.

Wrth golli John Gwilym, aeth gŵr 'digon o ryfeddod' o'n plith. Gŵr a allai drafod campweithiau uchel dramodwyr a llenorion. Ond gŵr hefyd a fyddai wrth ei fodd yn mân-siarad ac yn dyfal-holi ynghylch hynt a helynt pobl yn eu bywyd distadl bob dydd. Nodweddiadol o John Gwilym yw cwestiwn olaf un ei hunangofiant wrth bendroni uwchben Cymru a busnes rhyfedd byw a bod:

'Gofynnaf i mi fy hun, fel y teimlaf y bydd llawer yn gofyn, "I be'?"'

(Hydref 29ain)

Disgyblu plant

Roedd disgyblaeth yn beth disgwyliadwy yn hanes ein mebyd ni, a daethom yn reddfol i ddeall ei bod yn rhan o'n magwraeth. Gartref, byddem yn cael cerydd geiriol, heb 'ateb yn ôl' i fod. Dyna oedd yr hyn a elwid yn 'ddweud y drefn'. Nid peth llwyr ddieithr chwaith oedd slàs y wialen fedw, ac ar brydiau ceid cefn-llaw wrth basio, a mwy na hynny os byddai'r drosedd yn ddwys iawn.

Yn yr ysgol, un dull o gosbi oedd cadw'r troseddwr rhag cael mynd adre gyda'r gweddill ar ddiwedd pnawn. Yr enw ar y gweinyddiad hwnnw oedd *stay-in*. Cefais fy nghadw-ar-ôl felly fwy nag unwaith yn Ysgol Sir Porthmadog, a golygai hynny golli'r trên, ac ni byddai un arall am awr a mwy. Gan nad oedd teliffon ar gael yn ein cartrefi, na'r athro'n malio mewn hysbysu neb, mae'n rhaid bod ein rhieni'n treulio'r awr-ddisgwyl anarferol honno yn pryderu'n bur ddifrifol ple'r oedd y plentyn. O edrych yn ôl heddiw ar weinyddiad y *stay-in*, barnaf fod y gosb honno'n un sobor o ddifeddwl ac annheg am ei bod yn brifo'r rhieni'n llawer mwy na'r troseddwr.

Dull arall o gosbi oedd y gansen. Pan fyddai'r prifathro wedi'i gythruddo (yn gyfiawn ddigon gan amlaf, mae'n rhaid cyfaddef) caem ein galw i'w ystafell. Estynnai yntau am y ffon ym mhen ucha'i gwpwrdd. Daliem ninnau ddwy law o hyd braich o'i flaen, a'n cledrau at-i-fyny. Bwriai'r athro'r gansen i lawr dan wanu'r awyr fel chwip nes trawo'r cnawd meddal gyda chlec nad oes disgrifio arni. (Câi'r llaw arall ergyd gyfatebol yn syth ar ei hôl.) Ar foment y taro, byddai'r boen fel petai'n tasgu allan o'r cledrau i'r awyr. Ond yna, disgynnai'r boen yn ei hôl gan dreiddio'n ddwfn trwy'r dwylo. Ac o'r poethder yn y cnawd byddai gwrym glasddu'n araf godi ar y fan lle trawodd y gansen y llaw.

Er bod dadl gref ynghylch peryglon gwastrodi corfforol fel hyn, eto'n rhyfedd iawn, roeddem yn derbyn y disgyblu hwn fel ein cyfiawn haeddiant am gambihafio. Ac yn rhyfeddach fyth, roedd gennym y parch mwyaf annisgwyl tuag at y rhai oedd yn gweinyddu felly arnom. Ni chofiaf ddicter parhaol o gwbl, gartref nac yn yr ysgol. Rywsut neu'i gilydd, allan o'r ddrycin ddu, byddai edifeirwch a chyfeillgarwch yn ailfagu nes dod eilwaith haul ar fryn, fel petai.

Yn nyfnder ein bod, roeddem yn gwybod nad erledigaeth arnom oedd y cosbi hwnnw, ond ei fod yn y pen draw, yn hollol er ein lles. O'r herwydd, wedi'r disgyblu poenus, ni theimlem yn wrth-gymdeithasol nac yn ymosodol ein natur. Mewn dyddiau o greulonderau yn hanes ein cymdeithas heddiw, onid diffyg disgyblaeth yw pennaf achos hynny? A ellir priodoli agwedd ddialgar ein dyddiau i annisgyblaeth mewn cartrefi?

O gael eu herlid yn rhy fynych (a hynny heb reswm amlwg) mae plant bach yn troi'n anhapus ac yna'n ansicr ohonyn nhw'u hunain. Wedyn, wrth dyfu, mae'r plentyn yn mynd ati i geisio talu'r pwyth yn ôl i'r ddynoliaeth a'i creithiodd mor ddwfn. Ond pan geir disgyblaeth deg, fe geir hefyd ofal gwir. Dros union foment y disgyblu, mae'n wir fod y cyfan yn ddiflastod ac yn ddagrau. Ond yn y man, bydd y plentyn, yntau, yn dechrau 'gweld yr enfys trwy y glaw'. Ystyrier Williams Pantycelyn yn gweld dwy ochr pethau:

> Os Tydi sy'n gwneud im ochain,
> Ti'm gwnei'n llawen yn y man.

Ac yna'r cais gwrol a llydan agored hwn:

> Tyrd, rho gerydd im, neu gariad,
> 'R un a fynnych Di dy Hun.
> (Tachwedd 12fed)

Vaughan Huws

Nid oes dim byd na gwreiddiol na newydd yn y rhaglenni teledu hynny lle mae holwr neu holwraig yn cael dau neu dri o westeion i ddweud eu hanes. Fel Parkinson a Wogan a sawl un arall, mae Gwyn Erfyl ac Elinor Jones wedi cynnal rhaglenni o'r fath yn abl lwyddiannus.

Mae'n wir y gellir dadlau nad oes dim arbennig o deledol ychwaith yn y mathau hyn o raglenni, am y dôi'r sgwrsio drwodd yr un fath ar y radio. Ond eto, gellir croesddadlau, a mynnu bod yna rywbeth mewn cael gweld y cyfeillion hynny wrthi'n traethu yn y fan a'r lle. Yr hyn yr wy'n anelu ato heddiw yw'r rhaglen *O Vaughan i Fynwy*. Yn bersonol, rwy'n teimlo bod y gyfres hon wedi llwyddo'n lew, yn arbennig o'i chymharu ag eraill tebyg iddi. Pam hynny, nid yw mor hawdd ateb.

Tybed ai yn y dewisiad o westeion y mae'r gyfrinach? Ai ynteu yn Vaughan Huws ei hunan? Pan oedd Vaughan wrthi'n llywio'r rhaglen-gocyn-hitio honno, fe'i cofiwn fel holwr o gryn ffyrnigrwydd. Yn wir, ar rai adegau medrai arthio'n dra bygythiol wrth gornelu ambell ddadleuwr, a chuchio'n ffrom wrth roi taw ar brepiwr. Ond yn y gyfres bresennol (sy'n fath gwahanol o raglen, wrth gwrs) mae'n amlwg mai gŵr llariaidd ei galon yw Vaughan yn y gwraidd.

Ar ôl cyflwyno'i westai, mae'n gwneud y peth achubol hwnnw wedyn, sef cadw'n dawel, rhoi rhaff i'w siaradwr, a gwrando'n fonheddig arno'n dweud ei bwt. (Methu â maddau yma rhag cynnig ei fod yn bur Vaughanheddig!) Ond yna pan yw'n teimlo fod y gwair-rhaffau'n darfod, daw Vaughan, yntau, i'r adwy ar yr union eiliad i gadw rhaff y sgwrs ar fynd unwaith eto. A gwneud hynny heb ymorchestu'r dim lleiaf. Dyna nod y crefftwr, ddywedwn i.

(Tachwedd 26ain)

Nadolig Ynys yr Iâ

Gamalmennasamsati. Dyna'r gair.

Yng nghornel llyfrau ail-law Siop y Pentan yng Nghaernarfon, prynais rwymiad cyflawn blwyddyn 1932 o fisolyn *Y Capten* a ddarperid gan Ifan ab Owen Edwards ar gyfer ieuenctid Cymru. Yn rhifyn Rhagfyr y flwyddyn honno, roedd erthygl ar arferion Nadolig gwahanol wledydd. Un o'r rheiny oedd Gwlad yr Iâ (*Iceland*), a adnabyddir heddiw fel Ynys yr Iâ.

Yn ôl *Y Capten*, tua'r flwyddyn 1880 aeth cyfeillion ifainc yr ynys ati dros y Nadolig i lonni'r hen bobl gyda gwledd. Eglurir mai enw ar y digwydd hwnnw yw'r gair *gamalmennasamsati*, a bod y patrwm bellach wedi mynd trwy holl bentrefi'r ynys.

Am mai gŵr o Ynys yr Iâ yw Magnus Magnusson, mentrais anfon copi ato trwy ei asiant i holi am wybodaeth bellach, ac am eglurhad ar y gair seithsill yn eu hiaith. Cefais lythyr maith yn ôl gan Arni Bjornsson, swyddog Amgueddfa Genedlaethol yr ynys. Eglura nad oedd yr honiad yn *Y Capten* yn un dibynnol iawn, am nad oes arferiad o'r fath ar fynd dros yr ynys fel y mynnai'r cylchgrawn. Y mae elfen o wir yn yr ewyllys da a ddangosir, meddai, ond fe drefnir hynny, nid gan yr ifanc, ond gan wragedd yn eu hoed a'u hamser sy'n gweini ar y tlawd a'r unig.

Am y gair *gamalmennasamsati*, dywed nad yw'n gyffredin o gwbl. Dim ond un enghraifft ohono sydd yng Ngeiriadur Prifysgol yr ynys. Ac fel hyn y mae'n ei ddadansoddi: *gamal*–hen: *menna*–trigolion; *sam*–ynghyd: *sati*–sedd. Felly, yn llythrennol: 'henoed yn eistedd gyda'i gilydd'.

Yr wythnos diwethaf, dyma gael llythyr eto fyth, y tro hwn *'with the compliments of the Icelandic Embassy'* yn Llundain. Yn y llythyr hwnnw, mae dalennau difyr am Nadolig Ynys yr Iâ yn esbonio mai Lwtheraidd yw'r eglwys yno er yr unfed ganrif ar bymtheg. Am chwech o'r gloch ar noswyl Nadolig, mae pob gwaith yn peidio, y teuluoedd yn gwisgo'u dillad gorau, ac un ai'n aros yn eu cartrefi'u hunain neu ynteu'n mynd i wasanaeth carolau yn y capel.

Am mai peth dieithr a diweddar yw bywyd dinesig ar Ynys yr Iâ, traddodiad cefn gwlad sydd â'r gafael cryfaf ar y trigolion. Hefyd, am fod dyddiau'r gaeaf yn fyr a'r nosau'n hir, yr arfer fyddai treulio'r amser trwy adrodd hen, hen straeon–pethau ysbrydlyd, tywyll, a sinistr yn fynych. Â'r straeon hyn yn ôl ganrifoedd lawer i ddwfn llên gwerin yr ynyswyr sy'n drwm gan ofergoelion a dychymyg.

Mae'r ardalwyr yn goleuo canhwyllau ym mhob cornel o'r tŷ a'u gadael i losgi dros nos. Y gred ydoedd, pe diffoddai pob un gannwyll, y byddai marwolaeth yn y tŷ hwnnw cyn dod Nadolig arall. Eto, mae'r ynyswyr yn bobl lawen iawn, ac ar y ddeuddegfed nos wedi'r Nadolig, bydd llosgi coelcerthi a dawnsio a gwledda. Honno, meddir, yw'r noson hudol pan yw gwartheg yr ynys yn cael dawn i siarad.

Hen gred arall, sy'n chwe chanrif oed, yw bod y *Jolasveinar* yn cyrraedd i'r aelwyd o gylch yr ŵyl. 'Pobl y Nadolig' yw'r *Jolasveinar* hyn, sy'n dechrau ymweld â'r cartrefi dair nos ar ddeg cyn y Nadolig, gydag un o'r coblynnod (neu'r ellyllon) hynny'n galw o'r naill noson i'r llall. Mae'r rheini'n haid ryfedd sy'n ymyrryd â'r bobl mewn dulliau amrywiol iawn: ymlid defaid, lladrata hufen, llyfu llwyau coginio, dwyn llestri, cuddio o dan wely a dwyn anifail anwes–cath, efallai, clepian drysau gan darfu ar gwsg, bachu bwydydd gerfydd polyn o ben y simnai, cipio canhwyllau, a phethau direidus o'r fath. Erbyn hyn, mae peth llarieiddio ar gampau 'Pobl y Nadolig', a'r straeon amdanyn nhw'n fwy o hwyl na dim arall.

Ar aelwydydd darllenwyr yr *Herald*, dyma frysio i ddymuno daioni'r 'Herald' arall hwnnw a ddaeth ar y Nadolig cyntaf i gynnig i'r ddaear dywyll oleuni, swm o dangnefedd, a môr o ewyllys da.

(Rhagfyr 24ain)

Y golofn olaf

Dyma ddiwrnod olaf 1988. Y Sadwrn olaf hefyd. Ac ar y dydd hwn rwyf am roi math o sac i mi fy hunan, a dod i ben â chadw'r golofn wythnosol hon. Gwnaf hynny ar ôl deng mlynedd o gyfrannu i'r *Herald Cymraeg*. Gwnaf hynny hefyd gyda mesur o chwithdod. Ond yn bennaf dim, gyda diolch lawer i chwi'r darllenwyr trwy gydol yr amser.

Cofiaf fel y bu cyn-berchennog yr *Herald*, John Morus Jones, yn pwyso'n fynych arnaf i ymgymryd â cholofn yn y papur hwn. Ei nacáu y byddwn bob tro, ond o'r diwedd fe ildiais gan addo i John y rhown gynnig ar y dasg am dair wythnos neu fis, efallai ddeufis neu dri, ond nid mwy na hynny.

Heddiw, mae'n anodd gennyf gredu i'r cyfrannu hwnnw fynd ymlaen am ddegawd gron. Cryn bum cant o erthyglau, a'r rheiny wedi eu troi allan yn ddi-ffael bob saith niwrnod dros gyfnod o ddeng mlynedd. Addefaf yn rhwydd i doreth fawr o'r erthyglau hynny fod mor denau ddi-ffrwt â gwartheg Pharo ar dymor newyn.

Er i sawl un fod wrth lyw golygyddol yr *Herald* yng nghwrs y tymor hwn, y diweddar John Eilian oedd golygydd y papur pan ddechreuais i, a rhaid dweud iddo fod yn foneddigaidd a chefnogol tu hwnt. Ac ef, yn wir, a roes y teitl 'Wrth Edrych Allan' ar y golofn.

Heddiw ar ben y dalar, edrychaf ar ddalen felen frau, toriad o'r golofn gyntaf a sgrifennais yn Ionawr 1979. Ynddi, fe soniwn am orchestion tîm rygbi Cymru: wedi ennill y Goron Driphlyg bymthengwaith, y Bencampwriaeth ugain o weithiau, a'r Gamp Lawn wythwaith. Yna gofynnais: 'Tybed a fydd machlud ar y bri mawr? Gyda Gareth Edwards yn ymddeol, yna Gerald Davies, wedyn Phil Bennett, a yw'n bosibl i'r tîm ddisgleirio fel cynt? Go gymysg yw'r hanes ar ben y ddegawd, beth bynnag . . .'

Sut bynnag, ar derfyn 1988, dyma daer obeithio y cewch chwi a'r eiddoch oll flwyddyn dda yn 1989, gan ddymuno hefyd ar i lawer ei dilyn hithau yn eich hanes.

(Rhagfyr 31ain)